CW00701494

Un pingüino en el desierto

Carlos Puerto

ediciones sm Joaquín Turina 39 28044 Madrid

Colección dirigida por **Marinella Terzi**

Primera edición: septiembre 1991
Segunda edición: diciembre 1991
Tercera edición: abril 1992
Cuarta edición: julio 1993

Ilustraciones: *Jesús Gabán*

Joaquín Turina, 39 - 28044 Madrid

Comercializa: CESMA, SA - Aguacate, 25 - 28044 Madrid

ISBN: 84-348-3481-2
Depósito legal: M-18799-1993
Fotocomposición: Grafilia, SL
Impreso en España/Printed in Spain
Imprenta SM - Joaquín Turina, 39 - 28044 Madrid

A Gorka,
que le gustan los pingüinos,
y a Covadonga,
que tiene los ojos infinitos
como el desierto.

—ABUELO, ¿sabes lo que me ha pasado?

—Algo estupendo, seguro; se te nota en los ojos.

Los ojos de Jaima eran negros y brillantes y se veían muy alegres.

—¡Me ha seguido un pingüino por la calle!

—Pero eso es imposible —dijo el abuelo sorprendido—. Aquí no hay pingüinos. No puede haberlos. Estamos en África.

—Pues yo lo he visto. He cerrado los ojos y lo he visto...

—¡Ah, ya! Lo has visto con los ojos del corazón —acarició con ternura la cabeza de la niña—. Sigue, cuéntame qué ha sucedido.

—Ha estado todo el día detrás de mí. Cruzaba la calle, y él cruzaba la calle. Me sentaba en un poyete, y él se esperaba a que siguiera. Andaba de forma muy graciosa, moviéndose de un lado a otro, plif-plaf, siempre detrás de mí, plif-plaf...

—Y ahora, ¿dónde está?

—No ha querido entrar en casa —respondió Jaima encogiéndose de hombros— y se ha quedado en la puerta.

—Pues dile que si quiere pasar, aquí tiene un amigo —dijo el abuelo sonriente.

Pero Jaima frunció ligeramente el ceño para replicar:

—Los pingüinos no hablan ni conocen las palabras de las personas.

Eso es lo que Jaima creía en aquel momento, porque con el paso del tiempo se daría cuenta de lo fácil que resulta comunicarse con un pingüino como Plif-Plaf.

Al día siguiente, la niña estaba un poco preocupada.

—¿Qué te pasa? —le preguntó el abuelo.

—No sé qué hacer. El pingüino me sigue a todas partes, desde que salgo de casa. Y no se qué hacer con él.

El abuelo encontró una solución lógica:

—¿Por qué no lo llevas al zoo?

La sonrisa de Jaima era esplendorosa:

—¡Estupenda idea! Lo voy a llevar al zoo.

Jaima echó a correr, dejando tras de sí el recuerdo de su alegría.

A la hora de comer, Jaima regresó a casa tarareando una canción.

—¿Qué tal todo? —preguntó el abuelo.

—Muy bien —respondió la niña.

—¿Y el pingüino?

—Estupendamente.

—¿Lo has llevado al zoológico?

—Sí, claro que sí, lo he llevado al zoológico.

—¿Y qué tal?

—Maravilloso —la niña lo miró con sus ojos oscuros, profundos y llenos de vida—. Maravilloso, le ha encantado. Esta tarde lo voy a llevar al cine.

1 *El mapa de la vida*

UNA *jaima* es una tienda de campaña de las que utilizan los nómadas en el desierto.

Jaima había nacido cerca de Nefta, en pleno desierto tunecino, muy cerca del oasis lleno de palmeras datileras, de duraznos y de albaricoques. Cerca también de los espejismos perpetuos.

Jaima vivía con el anciano Habib, el hombre que la había recogido en el desierto, donde estaba abandonada bajo una pequeña lona que la protegía de los rayos del sol.

Ahora vivía en un precioso pueblo costero, a las orillas del mar Mediterráneo;

un pueblo blanco y azul llamado Sidi Bou Saïd.

Blanco por las paredes de sus casas, constantemente encaladas, y azul porque todas las puertas de las mismas, los marcos de las ventanas y los postigos eran de color azul. Bueno, todas menos una: la casa-tienda de Habib, que se había empeñado en pintarla de verde.

—Pero, hombre de Alá, todos pintamos de azul —le decían sus vecinos—. El azul es el color del mar, el color del cielo. ¿Por qué no pintas tu casa de azul como los demás?

—Verde es el color del profeta —respondía Habib con la mirada perdida en dirección al minarete desde el que mañana y tarde se llamaba a la oración—. Y verde el color de las palmeras, de las chumberas y de los olivos.

No había quien pudiera con él. Habib tenía la tienda de telas más bonita de todo Sidi Bou Saïd. En ella compraban recuerdos los marineros para sus novias o esposas. Habib jamás los engañaba y por eso volvían a su tienda una y otra vez; en el fondo, no les importaba que la puerta y las ventanas estuvieran pintadas de verde.

—Verde es también el color de la esperanza, mi querida Jaima.

La niña ayudaba al abuelo en lo que podía. El problema es que Jaima era tremendamente indecisa; siempre estaba dudando. No sabía qué le gustaba más, si comer membrillo con miel o dátiles con leche. No sabía si prefería ver una puesta de sol o contemplar la salida de la luna. Y cuando algún cliente le pedía consejo: «A ver, Jaima, ¿qué tela hace más juego con la de mi turbante?», ella no sabía qué responder y se ponía muy colorada.

Habib la disculpaba. «Es todavía pequeña», se decía. Pero en el fondo sabía que Jaima ya no era tan pequeña y que la vida a veces era difícil y uno tenía que saber elegir. Y elegir acertadamente. Por eso solía repetir que el verde era el color de la esperanza.

—Y yo no pierdo la esperanza de encontrar alguna vez el mapa de la vida.

—¿Qué es el mapa de la vida? —quiso saber la niña.

—Es un secreto entre tú y yo...

—¿Y Plif-Plaf no lo puede saber?

—Está bien —concedió el abuelo—. Un secreto entre tú, yo y ese pajarraco con levita.

A Jaima le enfurruñaba que el abuelo llamara así a su pingüino, pero también sabía que lo decía de broma, pues, en realidad, era amigo de ambos.

—Ven, Jaima, acércate.

A Jaima le encantaba sentarse muy cerquita del abuelo, porque sabía que cada vez que lo hacía él le contaba cosas bonitas. Cosas de la vida o cosas de su país, de su historia o de su geografía, porque a Habib le interesaba todo lo que tuviera que ver con su país. Por eso cada noche, después de cerrar la tienda, se pasaba varias horas entre libros. Además de estudiar, Habib esperaba algo.

—Espero encontrar alguna vez una pista que me lleve hasta el mapa de la vida.

—Pero ¿qué es el mapa de la vida?

—Cuando te recogí debajo de aquella jaima abandonada, en tu mano tenías un pergamino. En el pergamino había unos dibujos y una leyenda. ¿Y sabes lo que decía la leyenda?

Jaima aguardaba impaciente y emocionada la continuación de la historia.

—Pues decía que tú eres una gacela blanca y que en el oasis se aplacará tu sed.

—¿Y los dibujos?

—Los dibujos —explicó Habib— señalaban cómo puedes ir hasta el oasis. Son los dibujos de un mapa, del mapa de tu vida, Jaima —el abuelo se puso meditabundo—. Tal vez, también de mi vida...

—¿Y dónde está ese mapa? —quiso saber Jaima.

—Ya me gustaría saberlo, ya. Lo guardé por algún lado, pero no lo encuentro. Hace ya casi diez años que lo busco inútilmente.

Se le notaba desolado, cansado de tanto buscar para nada.

—Abuelo, ¿quieres que yo te ayude?

—Oh, no... ¡No!

Jaima, además de vacilante, era impulsiva. Se podía pasar mucho tiempo sin hacer nada, pero de repente parecían haberle dado cuerda y se ponía a hacer cosas a gran velocidad. En este caso, por ejemplo, se había puesto a rebuscar entre los libros y los papeles del abuelo, sin tener en cuenta que tal vez estuvieran ordenados y que ella no hacía más que desordenarlos.

En unos instantes, el caos fue tremendo.

—Y ahora, ¿qué voy a hacer? —se quejó Habib mientras intentaba reorganizar un poco todo aquello—. Los has desparramado como si fueran dátiles.

—Abuelo... —Jaima estaba confusa; quería a su abuelo y por nada del mundo hubiera deseado fastidiarlo, pero ahora comprendía que su impulso no había ayudado en nada—. Me voy con Plif-Plaf. Y perdona...

—Sí, sí, anda, date una vuelta con tu pingüino, pero vete por lo menos hasta el faro. Y no volváis hasta dentro de un buen rato, que yo tengo mucho que ordenar.

Jaima y el pingüino se fueron de puntillas, para no molestarle más. A Jaima le encantaba ir al faro.

2 *Una estrella fugaz*

ERA hermoso estar allí, en la colina, de noche. Cuando el haz de luz se lanzaba intermitentemente hacia la oscuridad, Jaima jugaba a seguir su camino. Recordaba las lecciones de su abuelo, cuando le explicaba que aquella luz iba por encima del mar.

—Para avisar a los barcos de que aquí está la costa. Y allí, muy cerquita, está la ciudad de Cartago. Y ¿sabes qué personaje famoso era de Cartago?

—Creo que... —vacilaba como siempre Jaima—. Creo que era Aníbal, ¿no?

—Exactamente: Aníbal, el que se apoderó de Sagunto, cruzó España y, luego, los Alpes montado sobre elefantes. ¿Te acuerdas?

A Jaima le hubiera encantado cruzar un monte encima de un elefante, pero al mismo tiempo le daba un poquito de miedo.

—Y allí, la capital.

Jaima tenía muchas ganas de ir a Túnez capital y pensó que, en cuanto volvieran, se lo pediría al abuelo. Aunque tal vez sería interesante esperar a que estuviera de mejor humor. Otro día. Otra noche. Miró al cielo y vio la luna y las estrellas.

—En todas partes son iguales, ¿verdad, amigo? —acarició la suave cabecita del pingüino y éste lanzó un gemido nostálgico. ¿Se estaría acordando de algo?

Jaima se puso de rodillas a su lado y miró intensamente sus ojitos díscolos, sus plumas brillantes. Recordando su extraño encuentro, le formuló un ruego:

—Siempre estaremos juntos, ¿verdad? ¿Me lo prometes?

Para Jaima era muy importante saber

que él estaba allí, a su lado, cuando faltaba el abuelo. ¿Adónde iba a ir sola?

El pingüino dio un par de saltos, y cuando parecía que se iba a alejar, regresó a toda velocidad con las alas abiertas. Fue tal su impulso, que arrojó a Jaima al suelo.

—Pero ¿qué haces? —preguntó la niña riendo.

El pájaro con levita, como lo llamaba Habib, estaba contento y deseaba transmitir a su amiga su felicidad; claro que lo hacía a su manera.

El faro continuaba haciendo girar su luz.

—A veces me gustaría meterme en un chorro de luz. ¿A ti no?

Jaima pensaba que dentro de la luz podría visitar la capital o la ciudad del personaje de los elefantes, o incluso, incluso, llegar al desierto donde decían que había nacido. Pero todo estaba tan lejos...

En ese momento sucedió algo.

Y sucedió cuando la niña y el pingüino estaban mirando al cielo nocturno.

En medio de la oscuridad, una chispa

blanca cruzó de lado a lado. Fue visto y no visto, rápido como un cohete.

—¡Una estrella fugaz! —dijo Jaima ilusionada.

Dicen que si se expresa un deseo al paso de una estrella fugaz, éste se realiza. Y Jaima se preguntó cuál sería el deseo que en esos momentos tendría que formular. Por un lado estaba su deseo de viajar a un lugar cualquiera; por otro, quería que el abuelo encontrara lo que estaba buscando. ¿Por qué decidirse?

Tardó tanto, que la estrella fugaz ya hacía un rato que había desaparecido cuando la niña cerró los ojos, apretando el puño contra su pecho, a la altura del corazón.

—¿Y tú, amiguete? —le preguntó al pingüino mientras regresaban a casa—. ¿Qué le has pedido a la estrella fugaz?

Plif-Plaf no dijo nada; en realidad, no hacía falta que ninguno de los dos dijera nada. ¿Adónde había ido la estrella? ¿Seguiría su camino por otros países o acabaría sumergiéndose en el mar o en las arenas del desierto? De cualquier forma,

había sido muy hermoso verla... Y en cierta medida Jaima notaba que estaba un poco rara, como quien dice algo cambiada. Difícil de explicar.

Al cruzar la única puerta verde de Sidi Bou Saïd escucharon una especie de llanto.

—Abuelo, que somos nosotros.

Nadie respondió con palabras, aunque se multiplicaron los sollozos.

Al entrar en la trastienda, que era donde Habib tenía su despacho, se lo encontraron en el suelo gimoteando.

—¡Qué mala suerte, oh destino, qué fatalidad!

—Pero ¿qué pasa, abuelo? —Jaima lo besó repetidas veces en la mejilla, mientras que Plif-Plaf se mantenía a una prudencial distancia contemplando aquella escena tan triste.

Habib tendió a su nieta un papel arrugado.

—¡El pergamino! ¡Por fin lo has encontrado! —la niña lo cogió con emoción para enseñárselo al ave, que parecía un tanto despistada—. ¡El pergamino!

Pero el abuelo distaba mucho de estar feliz.

—¿Qué me quiere decir el profeta? Mándame tu mensaje, oh Alá, haz que lo entienda, que lo comprenda. Sólo soy un pobre mortal y tus caminos se pierden por el cielo...

—Abuelo, ¿sabes que hemos visto una estrella fugaz? Y le he pedido que encontraras el mapa de la vida..., ¡y aquí está!

—No, pequeña Jaima; aquí está el pergamino, pero no el mapa.

—¿Y no es lo mismo? —preguntó la niña, que se estaba diciendo si todo ese lío no vendría por haber tardado ella tanto en formular su deseo. Si se hubiera decidido antes...

—Eso creía yo. El pergamino que recogí de tus manos tenía una leyenda y unos dibujos. Ahora mira...

Jaima desplegó el papel y pudo leer un texto:

La gacela blanca aplacará su sed en el oasis. Cuando la luna se apague, tienes que comenzar el camino de mis signos.

Pero allí no había signos; bajo las letras, ni un dibujo ni nada.

—Estaban aquí —exclamó el abuelo contemplando una vez más el pergamino desconcertante—. Aquí había un mapa y unas huellas para seguir el mapa. Pero los dibujos han desaparecido. Es como si alguien se los hubiera llevado.

Plif-Plaf se alejó discretamente, no fuera a ser que le echaran la culpa de lo que estaba sucediendo. ¿Acaso no sería que la memoria de Habib flaqueaba y creía haber visto en el pasado lo que realmente no existía?

—Venga, abuelo, vamos a la cama.

Habib se acostó con la cabeza dándole vueltas. No entendía nada. ¿Cómo era posible que se pasara un montón de años buscando un papel, para descubrir que no contenía lo que esperaba? Inconcebible.

3 *El safsari de seda*

PERO eso no era todo. Todavía iban a suceder muchas más cosas inconcebibles, coincidiendo con la fase de la luna nueva; es decir, como ponía en aquel papel, «cuando la luna se apague».

—Pasado mañana es tu cumpleaños —dijo el anciano— y me hubiera gustado hacerte un regalo muy especial, tan especial como el mapa de la vida...

¡Casi lo había olvidado! Dentro de dos días Jaima iba a cumplir años. Era estupendo sentir que se era un poco más alta, más mujer.

—El día de mi *cumple* vamos a comer *tajines*, ¿te apetece?

Al abuelo le encantaban los tajines,

esos pastelitos de carne con cebollas y habichuelas, mezclados con huevos y queso. Era una estupenda comida beréber, que solía acompañar a la pasta fina y ligera llamada *bric,* pasta que se rellenaba de hierbas y huevos y, junto con la que el anciano bebía el mejor licor de todo el Magreb, un licor de higos llamado *bookha.*

A Jaima le gustaba más la leche que el licor de higos; incluso le gustaba mucho el agua mineral gasificada, tal vez por sus burbujas, a pesar de que cuando la bebía se pasaba un buen rato como una borrachina feliz, eructando y tirándose pequeñas ventosidades, tras las cuales quedaba absolutamente relajada. Plif-Plaf se reía mucho.

—¡No puede ser! —protestó Habib—. Soy yo el que tengo que hacer algo para tu cumpleaños, no tú para mí.

—Pues lo hacemos juntos —ofreció Jaima, ya que, en el fondo, no le apetecía nada meterse sola en la cocina.

Pero el abuelo tenía una idea mejor. Eligió la seda más maravillosa de toda la tienda, una seda color marfil, y pensó en regalársela para hacer con ella un bonito *safsari.* Era una tela impoluta, sin defectos, suave al tacto, primorosa. Habib se la imaginó sobre la cabeza de la niña de los ojos negros.

«¡Qué hermosa va a estar!», se dijo. «Será la gacela más hermosa de todo Túnez».

Recordó que en otro tiempo, cuando las costumbres obligaban a las mujeres a cubrir sus rostros con los *safsaris,* se las solía llamar «gacelas blancas».

DOS DÍAS DESPUÉS, cuando estaba haciendo el regalo a su nieta, le vino a la mente la leyenda del pergamino.

Estaban cenando a la luz de un quinqué, escuchando el sonido del no lejano mar. Habib cogió la mano de su niña más querida:

—Muchas felicidades. Te quiero tanto, Jaima, que creo que no podría vivir sin ti.

La niña de los ojos negros apoyó su cabeza ensortijada sobre el hombro de Habib. Tampoco ella podría vivir sin él; e incluso, si no hubiera sido por él, habría muerto en el desierto.

Plif-Plaf se acercó a la pareja un poco celoso.

—¿Te apetece un poco de *tajín*? Y disculpa mi mal humor, a veces soy un poco cascarrabias, ¿verdad?

Jaima iba a decir que no, que en realidad era el abuelo más bueno del mundo, cuando el quinqué se apagó. No había justificación porque apenas soplaba aire, pero el quinqué se apagó. Y otra estrella fugaz cruzó por el firmamento.

—¡Abuelo, abuelo, un deseo, deprisa!

Era fantástico ver dos estrellas fugaces en tan corto espacio de tiempo. Hay gente que no ve una estrella fugaz en toda su vida y Jaima acababa de ver dos en un par de días. ¡Debía de ser una buena señal!

—Ya está —dijo el abuelo tras abrir los ojos—. Mi deseo es...

Pero la niña lo interrumpió:

—Si lo dices en voz alta, no se cumplirá.

Habib sabía que Jaima tenía razón. Los deseos hay que guardarlos en el corazón y no proclamarlos a los cuatro vientos. También sabía que aquello era sólo un juego, pero le encantaba jugar con su nieta, y con el pingüino de su nieta, y con las estrellas que cubrían el cielo bajo el que vivían él y su nieta. Únicamente lo mágico puede transformar la vida normal en algo sorprendente, únicamente la magia...

—Pe... pero ¿qué ha pasado aquí?

En las manos de Habib estaba el *safsari* que acababa de regalar a su nieta. Un *safsari* liso, de seda sin estampar. Cuando la niña se lo había probado en la cabeza no tenía dibujo, ¡ahora sí!

Era como si la estela de la estrella fugaz hubiera dejado en la tela un mensaje, las indicaciones para recorrer un camino: el mapa de la vida.

—¡El mapa de la vida, abuelo, el mapa de la vida!

Habib estaba a punto de que se le saltaran las lágrimas. Se sentía francamente emocionado; tanto, que apenas si podía ver los signos que conducían al tesoro. El tesoro era el futuro de la vida.

—Abuelo, ¿qué vamos a hacer?

Habib desplegó el mapa ante ellos. Allí estaba todo indicado, los pasos que había que dar para dirigirse hacia el desierto.

—Hoy es tu cumpleaños, Jaima; eres ya toda una mujer. ¿Qué quieres hacer?

—No lo sé... —la niña estaba confusa, quizá más confusa que nunca, porque en realidad habían sucedido muchas cosas en muy poco tiempo. Echó una mirada a su alrededor. No importaba que en la mesa estuvieran esperándolos las *bricas* y los hinojos, los pasteles de queso y los dátiles. Lo importante era tomar una decisión porque...

—... Porque, como dice la leyenda, hay que decidirse cuando la luna se apague. Y la luna, querida niña, esta noche se ha apagado. Ya no volverá a apagarse hasta dentro de un mes, pero para entonces ya no será tu cumpleaños. ¿Acaso quieres esperar un año?

Jaima dijo que no con la cabeza. No sabía qué hacer, pero sabía que algo tenía que hacer. Que aquél era el momento. Que las estrellas fugaces la habían estado avisando de que algo iba a suceder. Y la magia había sucedido.

—A lo mejor es que tengo que volver... —dijo la niña sin saber muy bien lo que decía, señalando al extremo inferior del mapa, allá donde se veía una gran extensión de tierra amarilla cerca del oasis de Nefta.

Juntos contemplaron aquel mapa de la vida que empezaba en un pequeño pueblo costero llamado Sidi Bou Saïd. Y luego, siempre hacia el sur, la ciudad santa de Kairouan, la isla llena de palmeras que se conoce como Djerba, las antiguas ciudades romanas...

Hacia el sur, siempre hacia el sur, para acercarse a las mismísimas arenas doradas donde aúlla el chacal o se esconde el escorpión. Hacia el sur.

Aquélla fue la primera vez que Plif-Plaf vio a un hombre con túnica y turbante, montado en un dromedario. Estaba dibujado en el extremo de la pieza de seda. Aquélla era la primera vez que lo veía, pero ciertamente no sería la última.

4 *En los zocos*

HABIB cerró la tienda y se despidió de su pueblo. Atrás quedaron la puerta verde, el faro y el mar, todo Sidi Bou Saïd.

Habib era un hombre sabio. Alá concede la sabiduría a todos los hombres ancianos, pero en esta ocasión no bastaba con la sabiduría para desentrañar el misterio del pergamino y del *safsari.* Seguramente la solución a este misterio estaba en las estrellas. Pero las estrellas erraban por el firmamento y se habían llevado la respuesta muy lejos. Por eso Habib lo único que sabía era que tenía que emprender el camino hacia el sur, pero muy poco más.

Para empezar fueron a la capital, donde

estaba la mezquita más grande de Túnez: la mezquita del Olivar o mezquita Zitouna, ya que se la conocía por los dos nombres.

—Espérame aquí —dijo el abuelo—. Voy a entrar a rezar, y espero que Alá me ilumine indicándonos el camino.

Jaima se enfurruñó porque no entendía muy bien por qué su abuelo podía entrar en la mezquita y ella no.

—Ya lo ves, amigo —le explicó al pingüino—. Sólo porque soy una chica. ¿Por qué no entras tú y me cuentas lo que hay dentro?

Plif-Plaf la miró con gesto dubitativo. ¿Qué era lo que pretendía la niña? ¿Que se perdiera por el bosque de columnas de la mezquita? A los pingüinos no les gustan los locales cerrados, y sólo lo había soportado en casa de Jaima porque entre la niña y él existía una relación mágica que todo lo hacía posible.

—¡Aparta, niña! ¡Quítate de en medio! —gritó un hombre montado en un burro que llevaba especias al zoco.

Jaima se apartó, un poco harta de que los mayores le dijeran siempre lo que tenía que hacer. En el fondo deseó que Plif-Plaf picotease al burro, ya que si lo hacía, éste podía dar una coz en el aire y hacer que el desagradable mercader diera con sus posaderas en el suelo.

Pero sucedió algo diferente. Plif-Plaf no se había movido de su sitio y, una de dos, o se apartaba inmediatamente o el asno le pasaba por encima.

—Quítate de en medio —dijo Jaima repitiendo las palabras del tunecino.

Plif-Plaf miró hacia el poco cielo que dejaban ver las estrechas callejuelas de aquel lugar. Como si se hiciera el loco. Pero el mercader y su burro continuaron camino a través de él, sin siquiera rozarlo.

Jaima se acercó a su amigo y lo acarició, comprobando que estaba entero. Entonces, ¿qué había sucedido? Pues había sucedido como sucede con el cristal cuando es atravesado por un rayo de sol.

—¿Te han hecho daño?

El ave emitió un sonido, semejante al

ronroneo de los gatos, y Jaima comprendió lo incomprensible: Plif-Plaf sólo era visible para unos pocos. Para los demás, para la mayoría, ni siquiera existía. El pingüino estaba hecho del material de los sueños.

Eso significaba que juntos podían soñar lo que los demás sólo podían leer en los libros o escuchar a los mayores.

Jaima cogió a Plif-Plaf del extremo de una de sus cortas alas.

—¿Qué hacemos? ¡Adónde vamos?

Sin saber muy bien cómo, se encontraron adentrándose por el zoco de los orfebres, todo refulgente de oro y plata, para luego seguir por los zocos de la lana y del algodón, acabando por el aromático zoco de los perfumistas.

—Qué bien huele, ¿verdad?

Allí se vendían los más delicados jabones y las más exquisitas aguas de flores.

—Huele, niña huele... —dijo un vendedor derramando unas gotas sobre sus mejillas—. Está hecha de pétalos de rosa

y tus ojos deben mirar todo lo que los míos no pueden ver.

Jaima se fijó en el vendedor de perfumes y se apiadó de él porque era ciego. Pero el hombre pareció leer su pensamiento.

—No me tengas lástima. Porque yo veo muchas cosas aquí dentro —se señaló la cabeza— y aquí —se señaló el corazón—. Y sé quién ha sido el que te ha traído hasta mí.

—Mi abuelo Habib.

—Tu abuelo reza, porque busca el camino. Pero el camino eres tú misma, gacela blanca de ojos negros. El camino te llevará a una ciudad con dos anclas.

—Yo vengo de un pueblo donde hay barcos, y los barcos tienen anclas. ¿Tendré que volver a casa?

—Vas a volver, pero no a la casa del mar. Vas al sur, ¿verdad? Y en el sur no hay mar, pero tendrás que encontrar una casa santa con dos anclas. Nadie te sabrá decir qué hacen esos dos artilugios marinos en medio de la estepa. Pero cuando los veas, sabrás que estás en el buen camino. Y allí mismo conocerás el siguiente paso que te llevará hasta la meta que te indicó la estrella del cielo.

—Pero ¿cómo es posible que sepas lo de la estrella? Si eres ciego...

El hombre sonrió. Ahora estaba acariciando la cabeza del pingüino, que, mimosamente, se dejaba hacer. Sin duda, la mágica sensibilidad del vendedor iba más allá que la de cualquier otra persona.

—Ya te he dicho que yo no veo con los ojos. Pero en medio de mi oscuridad se hizo una luz la noche en que estaba a punto de apagarse la luna. Una niña cumplió sus diez primeros años y una estrella repitió su camino por dos veces en el cielo —luego añadió unas palabras que aparentemente no tenían nada que ver con las otras—: «De la isla a la ruina, de la ruina al oasis» —y acabó preguntando—: ¿Quién ha cumplido diez años?

—¡Yo soy la que acaba de cumplir diez años! —dijo Jaima con alegría.

—¿Y qué más? —le preguntó misteriosamente el vendedor de perfumes.

—¿Qué más de qué?

—Tú eres Jaima, lo sé; tú acabas de cumplir diez años, los dos lo sabemos. Pero ¿qué ha sido de las dos estrellas fugaces?

—¿Qué ha sido de las estrellas? —Jaima repitió la pregunta, porque la verdad es que no tenía ni idea de la respuesta.

—¿No lo sabes? Creía que lo habías entendido; pero en fin —dijo el ciego resignado—, todavía te quedan muchas cosas por comprender. Es natural que las vayas descubriendo poco a poco.

—Pero ¿dónde están las estrellas? —insistió Jaima en la pregunta, ya que estaba segura de que aquello tenía mucho que ver con su vida, con su mapa de la vida.

—Las estrellas, ¡oh querida niña!, han caído en la estepa y ahora son dos anclas.

¡Qué fácil resultaba todo cuando las palabras eran sencillas! Jaima abrazó a Plif-Plaf y luego besó la mano del ciego. Al hacerlo notó que la mano era suave y pálida, como la de una mujer; que no tenía vello ni las arrugas propias de la edad que el vendedor representaba. Y la mano olía a flores del campo, y a musgo, y a liquen, y a nenúfares, y a platanares, y a...

—Es hermoso sentir unos labios sobre la piel —dijo el ciego, entregándole un frasco de perfume—. Como es hermoso sentir tus ojos negros sobre los míos.

—¿Y cómo sabes que tengo negros los ojos? Ah, ya, qué tonta soy, no me lo digas. Tú lo ves todo de otra manera.

—Todo no, ¡qué más quisiera! Todo no... Por ejemplo, me gustaría saber qué peligros te acechan en el camino, pero no los conozco. Aunque, eso sí, sé que existen y que están muy próximos.

—¿Peligros? ¿Qué peligros?

—Muchas cosas. En realidad, ¿qué sería de un viaje sin peligros? Viajar no sólo es ver caras nuevas y nuevos paisajes, sino además vivir cosas nuevas. Y esas cosas sólo emocionan si tienen riesgos. Si al final, cuando regreses, las puedes contar, significará que el viaje ha merecido la pena, por muy mal que aparentemente lo hayas pasado.

—¿Y si no las puedo contar?

—Pues será porque te has quedado muda o...

—... O muerta —dijo Jaima en voz muy baja, estrechando al pingüino contra sí.

Un estremecimiento sacudió sus cuerpos.

El ciego levantó sus ojos en blanco hacia el cielo y volvió a decir con solemnidad:

—No lo olvides: de la isla a la ruina, de la ruina al oasis.

5 *Tres pelos y dos anclas*

JAIMA cerró los ojos y escuchó con mayor nitidez el sonido de los martillos de los orfebres sobre el metal, las voces que regateaban un precio, los cascos de los burros que llevaban su carga a lo largo de los zocos.

—Pero, ¡niña, qué susto me has dado!

Habib estaba jadeante y sudoroso.

—Estamos aquí, abuelo.

—Cuando he salido de la mezquita, te he buscado por todos lados y no estabas. ¡Alá misericordioso, si esto es un laberinto! ¿Cómo buscarte?, me dije desesperado. ¿Por dónde empezar, dónde encontrarte?

—Estaba hablando con mi amigo el vendedor de perfumes.

—¿Qué vendedor? —quiso saber el abuelo. Porque allí no había nadie. Mejor dicho, el zoco estaba lleno de gente, pero el vendedor ciego debía de haberse marchado mientras ella cerraba los ojos.

—Me ha regalado esto —y le enseñó el frasco de perfume.

—Devuélvelo —dijo el abuelo con energía—. No está bien coger cosas cuando no se lleva dinero para pagarlas.

—Abuelo —respondió Jaima muy seria—, ya te lo he dicho: es un regalo.

Las calles de los zocos eran estrechas y ensortijadas para protegerse mejor de los rayos del sol. Jaima se dijo que sólo por oír, ver y oler aquellos mercadillos merecía la pena haber ido a Túnez. Pero Habib le contó lo que le había sucedido en la mezquita.

—He tardado porque el profeta no me enviaba ninguna señal. Yo estaba allí, de rodillas, postrado sobre la estera, rezando y venga a rezar, pero nada, la señal no se producía.

—A mí me han dicho que en la estepa... —comenzó a decir Jaima, interrumpiendo, pero su abuelo no la escuchó, absorto como estaba en narrar su propia experiencia.

—¿Qué hacer, adónde ir? Entonces he desplegado bajo un rayo de sol la seda estampada con los dibujos de nuestro camino.

Jaima se acercó, curiosa, al pedazo de seda, siendo inmediatamente imitada por su amigo el pingüino.

—¿Y qué ha pasado entonces, abuelo?

—Espera, espera que termine. Al extender la seda bajo el sol, he escuchado a un feligrés que, inclinando repetidamente la cabeza para golpear con su frente en el suelo, repetía: «Por las barbas del profeta. ¡Por las barbas del profeta! ¡Por las barbas del profeta!». Y así hasta tres veces.

—¿Eso qué quiere decir? —preguntó Jaima.

—No lo sé muy bien —confesó el abuelo—. Pero me imagino que tenemos que ir a donde haya tres barbas del profeta.

—¡Qué tontería! —Jaima se echó a

reír—. Tú tienes barba, pero sólo tienes una. ¿Cómo iba a tener tres barbas el profeta?

—Sí, la verdad es que es un tanto raro —dijo Habib rascándose la cabeza. De repente se le iluminó la cara—: ¿Y si se refiere a una barba de tres pelos?

Jaima volvió a desanimarlo:

—¿Has visto alguna vez una barba de tres pelos? Si sólo tiene tres pelos no es una barba, ¿verdad que no?

Hasta el pingüino negó con la cabeza.

—Existe otra posibilidad... —pero el anciano no se atrevía a equivocarse de nuevo.

—Que sean tres pelos de una barba —dijo Jaima de forma impulsiva.

—¡Eso es lo que estaba pensando! Tres pelos de una barba.

—Tres pelos de la barba del profeta.

«Tres pelos y dos ancas», pensó la niña recordando las palabras del perfumista ciego. Pero ¿dónde ir, dónde encontrar algo tan extraño?

En todo Túnez sólo había un lugar que

tuviera alguna relación con aquellas cosas.

El pingüino señaló un punto en el mapa, una ciudad.

La ciudad santa.

Kairouan.

6 *Palabras mágicas*

Lo primero que escucharon los viajeros nada más llegar a la ciudad santa fue música de violines, laúdes y tambores. Era la típica música *malouf* que recorría las calles para celebrar una boda.

—Es una buena señal —presagió el abuelo—. Una boda significa el comienzo de algo, no como esto... —señaló el cementerio que quedaba a las puertas de la ciudad.

Plif-Plaf, sin embargo, no se fijaba en las tumbas ni en los músicos. Sus pequeños ojos estaban fijos en una figura que ya le había llamado la atención sobre la seda: un nómada sobre un dromedario, junto a la plantación de eucaliptos.

—Venga, vamos, no te quedes atrás —le pidió la niña.

El pingüino se movió renqueante hacia los muros de Kairouan, pero antes de cruzar la puerta de madera echó una última mirada hacia atrás. El hombre y el dromedario seguían allí y lo miraban.

De repente, sucedió algo muy especial. El nómada sacó un pequeño espejo en el que recogió los rayos del sol, proyectándolos sobre el pingüino. Las plumas blancas y negras del ave se volvieron mágicamente doradas.

Aquél sería el comienzo de una serie de sorprendentes acontecimientos que se repetirían a lo largo del viaje. Porque cada vez que las plumas del pingüino cambiasen de color, algo mágico iba a suceder. El pasado se presentaría ante sus ojos tan vivo y real como el suelo que estaban pisando.

Sonó un gong y tuvieron que dejar paso a una extraña comitiva vestida con ropajes de otro siglo. Unos porteadores llevaban un palanquín a toda velocidad y los jinetes que lo custodiaban empujaban con sus caballos a la muchedumbre, que a esas horas del día llenaba las calles de la ciudad.

—¡Paso! Paso a Sidi Okba, señor de las serpientes y de los escorpiones. ¡Paso, dejad paso a Sidi Okba!

Jaima notó que su abuelo palidecía.

—Abuelo, ¿qué te pasa?

—¿Has visto lo que yo he visto? Y, sobre todo, ¿has oído lo que yo he oído?

Jaima contó que acababa de pasar una comitiva y que unos soldados gritaban que el señor de las serpientes y de los escorpiones...

—Pero ¿cómo han dicho que se llamaba ese señor?

—Sidi no-sé-cuántos —respondió Jaima.

—Sidi Okba, ¿verdad?

La niña asintió. El pingüino se rascaba la tripa con el pico.

—Y eso ¿qué tiene que ver con la barba del profeta? —interrumpió Jaima al tiempo que se preguntaba si los personajes que acababa de ver estarían relacionados con las dos estrellas convertidas en anclas.

—Tiene que ver con la historia de esta ciudad. ¿No te han enseñado en la escuela que Kairouan fue construida en medio de una estepa arenosa? Y ¿qué animales hay en las arenas del desierto? Entre otros, serpientes y escorpiones. ¿Te imaginas una ciudad nacida sobre pozos de serpientes y agujeros llenos de escorpiones?

—Eso es muy peligroso —la niña recordó las palabras de aviso del perfumista ciego.

—Peligroso, sí, porque los hombres no comprenden a los animales y los provocan... Tu pingüino, Jaima, debe saber mucho de eso, ¿a que sí?

Plif-Plaf movió la cabeza hacia un lado. Abrió el pico y, por unos instantes, pareció como si fuera a hablar. Pero Habib continuó:

—Pues Sidi Okba eliminó las serpientes y escorpiones de la estepa antes de fundar esta ciudad. Y lo hizo con sólo pronunciar unas palabras mágicas.

—¿Qué palabras mágicas? —quiso saber, impaciente, Jaima.

—Ya no me acuerdo. Pero lo que sí recuerdo es que Sidi Okba fundó esta ciudad hace más de mil años.

—¿Tanto tiempo? Entonces, ¿cómo puede estar aquí?

—Eso digo yo; no me lo explico —Habib miró a su nieta y luego al pingüino. ¿Dónde estaría la respuesta a aquel cambio de época? ¿O acaso se trataba de una representación circense...?

Plif-Plaf negó con la cabeza. En realidad, era el único que sabía lo de la luz del sol reflejada en el espejo del nómada.

—Tal vez, tal vez... —el anciano meditó en voz alta—. Tal vez es que el mapa de la vida nos va a llevar no sólo a través de los lugares, sino también a través de la historia. No sé. Creo que lo mejor es ir a la mezquita. Rezar y pedirle al profeta que nos oriente.

La mezquita de Kairouan era la más importante del país, tan importante para los tunecinos como la de la Meca en Arabia.

—Abuelo, ¿por dónde se va a la mezquita?

—Nunca he estado aquí; preguntaremos.

Era extraño, pero nadie se detenía, como si todos tuvieran prisa. En ese momento volvieron a percibir la música *malouf.*

—¿Y si seguimos la música? Antes has dicho que era una buena señal.

Habib no estaba muy convencido de que la música de boda condujera a la mezquita, pero como no tenían prisa, si los sonidos los llevaban a lugar equivocado, siempre podrían desandar lo andado.

Siguiendo los laúdes y tambores, recorrieron unas callejuelas cada vez más despobladas, hasta desembocar en un callejón sin salida donde apenas se filtraba la luz de la mañana.

—¿Seguro que es por aquí?

A su alrededor se veían edificios muy

pobres, color ocre, como si los muros estuvieran hechos de pegotes de tierra.

—Por aquí no hay nadie.

—Pues la música viene de ese lado. Doblemos la esquina...

Al doblarla, vieron un patio con un pozo en el centro. El patio olía muy agradablemente a rosas e incluso se escuchaba el zumbido de alguna abeja.

—¿Tendrá agua el pozo?

—Vamos a verlo —dijo el abuelo con la boca seca—. Estoy sediento.

Jaima se subió al brocal y manipuló la polea. Ella también tenía sed. Descubrió que incluso estaba cansada y beber sería algo muy agradable.

El pingüino miró a sus espaldas. Se había vuelto porque era como si algo o alguien lo estuviera mirando fijamente. Entonces quedó momentáneamente cegado por el reflejo de un espejo.

—¡Infieles!

Los gritos salieron de las cuatro esquinas, por las que acababan de aparecer unos hombres armados. Llevaban las ca-

bezas cubiertas con cascos, escudos en una mano y cimitarras en la otra.

—¡En el nombre de Sidi Okba, señor de las serpientes y de los escorpiones, daos presos!

7 El pozo de la muerte

HABIB comenzó a temblar y Plif-Plaf se dijo que Alá podía haber sido más misericordioso y haberle concedido la facultad de volar; ojalá fuera realmente un pajarraco, porque agitaría las alas y ¡venga, a los cielos! Y, en cambio, así los soldados lo harían picadillo, y quién sabe si acabaría en la cocina de algún emir.

Pero Jaima lo tranquilizó por lo bajo:

—No temas, amigo; ellos no pueden verte. No te harán daño.

Sin embargo, los soldados estaban cada vez más cerca:

—¡Daos presos, infieles!

Ni Jaima ni su abuelo entendían por qué aquellos hombres los tachaban de infieles. Les podían llamar sedientos, pero infieles... De cualquier forma, lo más importante era escapar de allí lo antes posible. Ya quedaría tiempo después para las explicaciones, si es que quedaba vida...

—Por aquí, abuelo, por aquí... —dijo la niña deslizándose por la cuerda hacia el interior del pozo.

Plif-Plaf la siguió sin vacilar y el abuelo lo hizo vacilante. Precisamente por su falta de seguridad, cayó mal y se hizo daño en una pierna.

—¡Chist! Calla, abuelo.

Pero el silencio era inútil, ya que los soldados les habían visto meterse por la boca del pozo. Allá arriba, a lo lejos, se distinguían sus cabezas uniformadas.

—Mientras esto esté oscuro, no nos podrán ver.

—¿Y cómo vamos a salir de aquí? —preguntó el abuelo.

—Cuando sea de noche; subiremos otra vez y saldremos.

—Yo no puedo subir a ningún sitio con

esta pierna —se la tocó, notando que tenía algún hueso astillado.

—Te ayudaremos, abuelo, te ayudaremos. Ahora sólo hay que esperar a que se haga de noche y...

No pudo acabar la frase porque un silbido le produjo un estremecimiento. Uno primero, luego otro, varios...

—¡No te muevas, Jaima, no te muevas!

—¿Qué pasa?

—¡Serpientes!

Al pingüino se le pusieron las plumas de punta y Jaima abrió los ojos todo lo que pudo para intentar ver en la oscuridad el origen de los silbidos. Lo curioso era que junto a los silbidos se percibían también unos diminutos, pero múltiples, chasquidos.

—¿Y eso?

—¡Escorpiones!

A Plif-Plaf casi se le salieron los ojos de las órbitas y dio dos pasos, con lo que provocó mayor agitación entre los animales del pozo.

—¡Quieto, amigo pingüino; no te muevas, no los incites!

Allí estaban, metidos en un pozo mortal cuando tenían que estar... Pero ¿dónde tenían que estar? ¡Por las barbas del profeta! ¡Por los tres pelos de la barba del profeta!

—¡Abuelo, abuelo! —apremió Jaima—. ¿Conoces las palabras mágicas?

—¿Qué palabras mágicas?

—Las que pronunció el señor de la estepa.

—¡Sidi Okba, es verdad! Pero ¿cuáles fueron sus palabras mágicas?

—Deprisa, abuelo, ¡deprisa!, que esa serpiente que se me está acercando me mira con cara de pocos amigos.

El pingüino, por su parte, tenía la mirada clavada en un trío de escorpiones que avanzaba hacia él.

—No me acuerdo, ¡no me acuerdo! —dijo el abuelo con desesperación, al tiempo que se preguntaba si es que alguna vez había sabido aquellas palabras mágicas. La leyenda contaba lo de Sidi Okba como contaba tantas cosas; pero ¿cuáles eran las palabras mágicas?

—Abuelo, ¡abuelo, que se acerca! Di lo que sea, di lo que recuerdes, dilo...

Las serpientes avanzaban sinuosamente por el suelo y los escorpiones agitaban sus mortíferas pinzas en espera de clavar su aguijón envenenado.

«¿Por qué nos atacan estos animales?», se preguntó Jaima. «Muy sencillo: porque nos hemos metido de repente en su casa sin pedirles permiso. ¿Y cómo pedirles permiso sin conocer su idioma?»

—Plif-Plaf, habla con ellos, por favor, habla con ellos.

El pingüino estaba tembloroso, pero la voz de Jaima era enérgica:

—Tú tienes que hablar su idioma. No puedes haber venido desde tan lejos sólo para pasearte. Habla con ellos. Seguro que conoces las palabras mágicas. Dilas, por favor, ¡en seguida!

Entonces, en la oscuridad del pozo, unas palabras se escucharon repetidas por un eco:

—*Soatrapa, sondajed, di, dahcram sojel.*

Habib pegó un respingo de alegría: aquéllas eran las palabras mágicas. Y con toda la fuerza que le quedaba, las repitió:

—*¡Soatrapa, sondajed, di, dahcram sojel!*

Las serpientes y los escorpiones se detuvieron.

—Mira, abuelo, mira... Se retiran.

Poco a poco fueron cesando el sonido de pinzas y los silbidos.

—Pero ¿qué les has dicho?

—De repente he recordado las palabras mágicas...

Desde su rincón, Plif-Plaf sonrió. Sin su ayuda, el abuelo jamás habría recordado esas palabras. De cualquier forma, se habían librado y eso era lo importante.

—Qué palabras tan raras —meditó Jaima en voz alta.

—Están dichas al revés, para que los animales que no quieran ser amigos del hombre se vayan. «Soatrapa, sondajed, di, dahcram sojel», en realidad quiere decir: «Apartaos, dejadnos, id, marchad lejos».

Mientras Habib y su nieta hablaban de

las palabras que les habían salvado la vida, el pingüino buscaba con la mirada al nómada que, con su espejo, era capaz de llevarlos hasta el pasado. Acababan de salir de una aventura y, de momento, no le apetecía nada meterse en otra. Agradeció no verlo en aquellos instantes.

Ahora lo más importante era salir del pozo.

Sí, había que salir, pero ¿cómo?

8 *El barbero del profeta*

EN la parte superior del pozo escucharon una especie de plegaria. ¿Había alguien arriba? ¿Los estarían esperando? Y si eran los soldados del señor fundador de la ciudad, ¿qué iban a hacer con ellos?

Jaima tanteó las paredes de piedra del pozo. ¿De piedra? Aquello no parecía piedra, era más frío, más liso, más firme. Tal vez metal.

Conforme sus ojos negros se fueron haciendo amigos de la oscuridad, Jaima supo qué era lo que estaba tocando. Y su corazón dio un brinco: ¡un ancla!

Sí, sí, no cabía duda, aquello era un ancla. Un ancla en el fondo de un pozo. ¿Acaso el fondo del pozo había sido en otro tiempo mar por el que navegaban barcos con anclas? Sí, allí había no un ancla, sino dos. Dos anclas.

—¡Abuelo, las anclas! —exclamó alborozada.

—¿Qué anclas? —preguntó Habib sin comprender muy bien.

—Las anclas de las que me habló el perfumista. Me dijo que si las encontrábamos, era señal de que nuestro camino era el bueno. Y aquí están. Ellas nos ayudarán a salir.

—¿Cómo vamos a salir? —se quejó el anciano—. No puedo moverme con esta pierna rota.

—Claro que puedes, abuelo —le dijo ayudándole a incorporarse—. Ven, súbete encima del ancla.

Habib subió como pudo encima de una de las anclas, y sobre la otra montaron Jaima y Plif-Plaf.

—Y ahora, ¿qué?

—No lo sé... —confesó la niña desorientada. Hasta ese momento había estado segura de que eso era lo que había que hacer. Pero a partir de entonces volvió su duda. ¿Qué hacer?—. ¿Qué podemos hacer, amigo pingüino?

El ave ahuecó la alas y pegó un empujón a la niña, cuya cabeza chocó contra el muro haciéndole ver las estrellas.

—Pero ¿qué haces? Me has hecho daño. ¡Qué golpazo! He visto las...

Jaima interrumpió sus palabras, porque en ese momento acababa de descubrir algo que le iba a ayudar a salir del agujero.

—Abuelo, tal vez estas anclas sean las estrellas fugaces que vimos por el cielo. Tal vez se han detenido aquí abajo para esperarnos. Tal vez, si formulamos un deseo...

Y los tres cerraron los ojos y desearon lo mismo: salir de allí.

Con los ojos todavía cerrados, notaron un soplo de viento en el rostro y... el escenario había cambiado. Ahora ya no se trataba de un lóbrego pozo oscuro, sino de un jardín lleno de eucaliptos y laureles.

Brillaba el sol, brillaba tanto que las

plumas del pingüino parecían de oro. ¿Qué iría a pasar?

Un hombre de aspecto simpático se les acercó con una toalla en las manos.

—Bienvenidos a mi última morada —les dijo el personaje de otra época—. Aquí podréis descansar una noche, una luna, una vida entera..., a vuestro gusto.

—Pero tú ¿quién eres? —preguntó Jaima, que no se había dado cuenta de la transformación de su amigo Plif-Plaf.

—Es lógico que no me conozcáis, aunque estoy seguro de que conoceréis a mi amigo el profeta. Me llamo Abou Zamáa.

Habib sufrió un estremecimiento porque conocía la historia de aquel hombre.

—Entonces, tú eres...

—Abou Zamáa, ya os lo he dicho: el barbero de Mahoma. Un día el profeta me dejó que conservase algo suyo como recuerdo —el hombre buscó en una bolsita de cuero repujado y de ella sacó algo de aspecto insignificante. Habib, aunque todavía no lo había visto, ya sabía de qué se trataba.

—Tres pelos. Tres pelos de la barba del profeta.

—Exacto. Y aquí estoy desde entonces, en Kairouan, recibiendo a los peregrinos y a los curiosos... Aunque la verdad es que vosotros sois los más curiosos de todos. ¿De dónde habéis salido?

—Venimos de Sidi Bou Saïd.

—Y vais siguiendo el mapa de la vida, ¿verdad? —prosiguió el simpático personaje.

—Sí, ¿cómo lo sabes? —dijo Jaima con los ojos muy abiertos por la sorpresa.

—Aquí tengo mucho tiempo para estudiar. Al igual que tu abuelo estudia la historia, a mí me interesa la vida de los hombres... y de las niñas.

Plif-Plaf se agitó inquieto. El barbero se le acercó para acariciarlo.

—No te enfurruñes, yo también puedo verte y sé que les estás ayudando; a tu manera, claro. Pero ya no os quiero entretener más; aún os queda un largo camino.

—¿Hasta dónde tenemos que ir? —quiso saber Jaima.

Abou Zamáa sonrió enigmáticamente.

—¿De verdad no sabes adónde tienes que ir?

—No, no lo sé. Pero el abuelo...

El barbero Abou la interrumpió haciendo un gesto:

—A partir de ahora tendrás que continuar sola. Tu abuelo no está para muchos trotes y ha de reposar hasta que la pierna se restablezca.

—¿Y si me quedo con él hasta que se ponga bueno?

—Querida Jaima... —dijo Habib.

—Jaima, querida —dijo el barbero—. Eso no es posible. ¿Recuerdas lo que decía el mapa de la vida?

En la cabeza de la pequeña todo era confusión. ¡Qué de cosas en un instante! ¿Cómo continuar?

—No me gusta que te quedes sola —dijo Habib.

—No irá sola —añadió el barbero—. Lo tiene a él.

Plif-Plaf se hinchó de orgullo al ser considerado tan importante por un hombre tan bueno y tan sabio.

—¿Y si le sucede algo? —protestó Habib alarmado—. No podría permitirlo.

—Lo que no puedes permitir es que se quede, amigo Habib —su voz era encantadora, pero firme—. Jaima tiene que continuar, como continúa la vida y como continúa la historia de las vidas. ¿Estás dispuesta?

Jaima miró a su abuelo, al pingüino dorado, al hombrecillo que conservaba los tres pelos del profeta. En realidad, el camino la había llevado hasta allí, pero ella sabía que aquél no era el final.

—Abuelo, ¿qué hago? —interrogó indecisa.

—Tienes que decidirlo tú.

Jaima cerró por un instante los ojos y en su memoria vio las estrellas fugaces y los signos que conducían al secreto. Sintió el soplo de la magia, cálido como el simún, el viento que procede del desierto, y suave como las plumas.

El barbero Abou Zamáa colocó una toalla en el cuello de Habib.

—Amigo, necesitas un arreglo de barba. Yo estaré siempre a tu lado hasta que tu pierna vuelva a caminar de nuevo, hasta que la niña consiga una respuesta a sus preguntas.

—Pero... —quiso protestar por última vez el abuelo.

—No hay pero que valga. Tú quisiste encontrar el mapa de la vida y tú lo encontraste. Ahora sólo es posible proseguir el camino si no se quiere desairar al profeta.

Habib inclinó la cabeza con sumisión, comprendiendo la sabiduría de las palabras del personaje de Kairouan.

—Te esperaré, cariño, te esperaré. Y si mi pierna sana antes de que vuelvas, iré en tu busca —prometió el abuelo despidiéndolos con la mano.

Jaima y su amigo polar cruzaron las murallas de la ciudad santa. Ante ellos aparecía la estepa central de Túnez. ¿Qué camino seguir?, ¿en qué dirección ponerse a caminar?

—¿Lo sabes tú, Plif-Plaf? ¿Sabes por dónde está el sur?

El pingüino miró en todas direcciones y en seguida lo tuvo todo bien claro. ¡Aquél, aquél era el camino! ¡Hacia allá, no cabía duda! Siguiendo siempre al enigmático nómada del dromedario que, en ese momento, desde cierta distancia, iniciaba su marcha hacia el horizonte.

9 Los pescadores de esponjas

AL llegar a la isla, Jaima quedó deslumbrada por la cantidad de palmeras que allí había. Si hubiera estado con ella, su abuelo le habría contado cosas de la historia de la isla de Djerba. Una isla en la que habían vivido blancos y negros, árabes y judíos, beréberes y mozárabes, españoles y turcos.

Plif-Plaf corrió hacia el mar sin pensárselo dos veces. ¡Qué gusto volver al agua después de tanto tiempo! El pingüino jugueteó con las plácidas olas esperando que su amiga se reuniera con él.

Jaima se desprendió de sus vestidos y dejó que el Mediterráneo la empapara. Nadó un poquito y luego se tumbó boca arriba, mirando al cielo. Pensó en su abuelo y su pierna rota. Ojalá se recuperara pronto y pudiera unirse a ellos.

En ese momento algo pasó bajo el agua, rozándole las piernas.

«Será Plif-Plaf», se dijo, sin darle más importancia.

Pero no se trataba de Plif-Plaf.

Desde tierra firme llegaron unos acordes musicales. Era una música muy diferente de la que sonaba en Kairouan, aquella música *malouf* a base de violines, laúdes y tambores.

Jaima estaba jugueteando en el agua y se sentía francamente bien. Tenía ganas de cantar, de correr y bailar.

Se disponía a salir cuando notó un nuevo roce en su pierna, esta vez un poco más brusco.

—Ten cuidado...

Plif-Plaf apareció bastante más allá y le hizo un gesto de saludo con sus alas, que, por efecto de la luz del sol, parecían de oro. Jaima pensó que su amigo nadaba a gran velocidad:

«En tierra es un poco torpe, pero en el agua es mucho más rápido».

Jaima cerró un momento los ojos, dejándose llevar por la imperceptible marea. Resultaba agradable el baño en aquellas aguas tibias. Estando allí era como si nada hubiera sucedido: ni las estrellas fugaces que habían cruzado el cielo, ni las anclas de las que le había hablado el vendedor ciego de perfumes, el que le había regalado en el zoco un frasquito de agua de rosas. ¡El agua de rosas! ¿Dónde estaba?

Jaima nadó hacia la orilla, que ahora le resultaba bastante lejana. La isla estaba allí y tenía que alcanzar pronto la costa, lo antes posible...

Algo sujetó durante unos instantes su pierna.

—¡Estáte quieto!

Pero como no se estaba quieto, la niña llenó sus pulmones de aire y buceó.

Primero vio sus propias burbujas, hasta que sus ojos se acostumbraron a la visión borrosa, y de repente...

Tres, cuatro muchachos estaban en el

fondo del mar. Se movían como si estuvieran en tierra firme, buscando algo entre las rocas.

Jaima los siguió sin pensar mucho en lo que ella podría resistir sin respirar.

Uno de los chicos le hizo un gesto con la mano y ella se sintió impulsada a acercarse. Fue entonces cuando descubrió lo que estaban haciendo.

«¡Pescadores de esponjas!», se dijo. «A mí también me gustaría pescar esponjas».

Como obedeciendo a una orden mental, uno de los chicos le ofreció una especie de cuchillo. Sólo tenía que cortar, coger y meterlas en el saco que llevaban colgado de la cintura.

Iba a pescar la primera esponja cuando, a pesar de estar donde estaba, sumergida, escuchó otra vez la música de antes.

«¿Estaré soñando?», se dijo Jaima.

Pero la música sonaba con claridad: una especie de tam-tam, totalmente africano. Y cuando el sol de afuera penetró

hasta aquellas profundidades, Jaima descubrió que los chicos tenían la piel negra.

—Me llamo Jai... —no pudo continuar porque se le llenó la boca de agua. Quiso respirar y fue peor. ¿Estaba comenzando a ahogarse?

Plif-Plaf llegó en su ayuda.

—Pero ¿qué haces aquí abajo? Tú eres de tierra, sólo de tierra. Yo fui de aire, mira mis alas; puedo ir por la tierra, aunque lentamente; ahora soy de agua. Cada uno, querida niña, es como es —dijo el pingüino guiñando un ojo.

Jaima, en su desvanecimiento, no podía creer que el pingüino le hablara. Y además, si ella era de tierra, también lo serían los pescadores de esponjas, y ellos estaban allí como si tal cosa. Plif-Plaf, resignado, se sintió obligado a dar una explicación, ahora que podía hacerlo de palabra:

—¿Todavía no has comprendido lo que es la magia? La estrella fugaz que se convierte en ancla es magia. Vas deprisa, pero aún te quedan muchas cosas por conocer. ¿Has visto al nómada en su dromedario?

Jaima negó con la cabeza; estaba adormeciéndose, como si el agua fuera un somnífero. No, no había visto a ningún nómada...

—¡Claro! Cuando lo veas, será porque has llegado a donde debes llegar. Es como lo de estos chicos: no se ahogan porque sólo están aquí para que tú los veas. Forman parte del pasado, de la historia inmortal de esta isla. ¿Comprendes?... —al ver que la niña hacía gluglú y echaba burbujas por la boca, su amigo extendió las alas—. Y ahora, agárrate...

Mientras recorrían los últimos metros submarinos, el pingüino intentó animar a Jaima con bromas:

—Ya sabes lo que dice el refrán: el que no se arriesga, no cruza el mar. Aunque a mí me hace mucha más gracia ese otro que dice que el que quiera coger peces ha de mojarse el culo. ¡Ji, ji, ji...! El culo. ¿Sólo el culo? Ahora estás tan mojada que podrías coger los peces más grandes del mundo, las ballenas.

«Las ballenas no son peces», dijo Jaima mentalmente.

—¿Ah, no? —bromeó el pingüino, que sabía perfectamente que las ballenas, como los delfines, eran mamíferos—. Y entonces ¿qué hacemos tú y yo aquí abajo? Tú no eres pez, yo no soy pez, ellos no son peces —dijo señalando a los pescadores, que continuaban con su faena—. ¿Por qué estamos aquí?

«Por la magia», pensó Jaima.

—¿Y sabes lo que dice la magia?: «De la isla a la ruina, de la ruina al oasis». Pero antes...

Salieron a la superficie.

Jaima descansó, agotada, sobre la playa. Las olas, las suaves olas de Djerba, acariciaban sus pies desnudos. Plif-Plaf agitó su plumaje.

La niña aún jadeaba cuando se incorporó. Mirando la superficie del mar, le parecía imposible que allá abajo hubiera personas pescando. ¿O tal vez se trataba sólo de la imaginación?

—Dime una cosa, amigo pingüino, ¿es verdad que los chicos están allá abajo?

El pingüino no podía decir nada, porque su tiempo había terminado; ya no estaba bajo el agua y ahora se limitaba a dar pasitos, plif-plaf, plif-plaf, bamboleándose. Su plumaje estaba más dorado que nunca. Algo muy importante iba a suceder, algo...

Los muchachos negros emergieron con sus esponjas en la mano. Hicieron gestos de saludo hacia Jaima, y cuando ella estaba a punto de responder, se escuchó de nuevo el tam-tam y restalló un látigo.

Un nuevo peligro aparecía en el mapa de la vida de Jaima.

10 *Piratas y esclavos*

—¡POR ahí, en fila, sin rechistar!

La niña fue empujada hacia un grupo de gente entre la que se encontraban los pescadores de esponjas, que aún llevaban sus capturas en la mano.

—Cuando tenemos buenas esponjas no nos venden; nos dejan que pesquemos para ellos.

Jaima no entendía nada. ¿Qué es lo que vendían y a quién? Recordó lo que su abuelo le había contado de la historia de la isla de Djerba, la de gente que había pasado por allí en el pasado: los vándalos, los bizantinos, los normandos... Pero los hombres que estaban frente a ella parecían árabes. ¡Zasss! Otro latigazo, el chasquido que restalla en el aire, y una especie de guerrero con un alfanje al cinto se acercó amenazador:

—¡Silencio, esclavos!

Jaima quiso protestar; ella no era esclava, sólo iba de viaje hacia el desierto. Se había detenido allí porque así lo indicaba su mapa de la vida. A pesar de que el hombre armado le causaba cierto temor, la niña avanzó un paso hacia él con intención de explicárselo todo, pero el pingüino la retuvo.

—¿Qué pasa? —le preguntó Jaima.

Sin embargo, Plif-Plaf ya no podía hablar con palabras por estar fuera del agua; lo hizo con una mirada triste, tan triste como la de los pobres que estaban subiendo a una tarima en la plaza mayor.

La plaza mayor de Houmt Souk, capital de la isla de Djerba, estaba llena de gente. El público se arremolinaba para contemplar el sucio espectáculo de unos seres humanos poniendo precio a las vidas de otros seres humanos. Los que vendían eran piratas, corsarios o filibusteros; los que eran vendidos, simplemente esclavos.

—A la una, a las dos y a las tres. ¿Quién ofrece mil dinares por este joven fuerte y sano?

El vendedor, con turbante rojo y túnica negra, hacía que su mercancía mostrara la boca abierta para enseñar unos dientes blancos y relucientes.

—Mil, mil dinares. Mirad que si nadie ofrece mil dinares, lo echaré a los perros. Sería una lástima para un muchacho tan joven y fuerte, pero prefiero echarlo a los perros que malvenderlo.

Jaima se sentía muy triste y muy furiosa. Sabía que la escena que estaba viviendo pertenecía al pasado de la historia de su país. Sabía que ya no existían los esclavos ni los piratas, pero sólo de pensar que en otro tiempo existieron, notó que los ojos se le llenaron de lágrimas.

Aquellos hombres violentos —uno tenía una pata de palo; otro, un parche en su ojo tuerto— sin duda venían de Libia o del Sudán, recogían hombres y mujeres en Túnez y luego los vendían como si fueran granos de trigo.

¿Sería posible que aquel muchacho acabara entre perros hambrientos? Los oía ladrar; sin duda llevaban varios días sin probar bocado. Más que ladrar, aullaban. Jaima miró a su compañero, como para pedirle un consejo. ¿Qué podían hacer en aquellas circunstancias?

En ese momento se escuchó una voz enérgica:

—¡Mío por mil dinares!

El esclavo se libró de los perros y fue entregado a su nuevo dueño.

—¿Te has fijado, Plif-Plaf? —dijo Jaima con los ojos empañados—. Me he puesto contenta porque alguien lo ha comprado y así se ha salvado. Pero es horroroso vivir siempre como un esclavo, ¿no?

Ambos pensaron que el baño en el mar había resultado muy agradable, pero que ya estaba tan lejano...

Sonido de tam-tam y campanillas.

¿Qué iba a pasar ahora? El chasquido del látigo obligó a que una mujer subiera a la tarima y se pusiera a bailar. Les había tocado el turno a las mujeres.

En aquel momento, avergonzada por las demás, Jaima se dio cuenta de que estaba casi desnuda. Sin pensarlo dos veces, buscó con la mirada algo con que cubrirse y, una vez encontrado, avanzó para coger el manto rojo que reposaba en la grupa de uno de los caballos de los corsarios.

Sin darse cuenta, se había salido de la fila y el látigo restalló a pocos centímetros de su cara.

—¿Qué haces, esclava? ¡A la fila otra vez!

Pero Jaima no era una esclava, y con decisión cogió la capa y se la echó sobre los hombros. Una vez cubierta, se sintió más fuerte.

—Amigo, hay que hacer algo... —dijo dirigiéndose al pingüino, que la miraba con orgullo.

Sin hacer caso de las amenazas, Jaima montó a lomos del corcel.

—¡Bájate de ahí! —dijo el que tenía el látigo en la mano.

En la plaza mayor de Houmt Souk se había hecho un silencio sepulcral. Las esclavas habían dejado de bailar y los tamtams habían enmudecido.

Incluso los violentos piratas estaban sorprendidos de que en aquel lugar del mundo, en el que siempre habían sido los amos, alguien les hiciera frente. Y más si ese alguien era una niña de diez años, de ojos negros, pelo rizado y cubierta casi exclusivamente por una capa roja.

—¡Bájate de ahí o te hago yo bajar!

Jaima guiñó un ojo a su amigo y, compinchados, actuaron conjunta y rápidamente. Mientras el pingüino picoteaba al bandido en el culo, la niña le arrebató el látigo.

Los piratas desenvainaron sus cimitarras, rodeándola amenazadoramente.

Jaima acarició el cuello del caballo, como para darle confianza. En realidad, la que necesitaba confianza era ella. Si quería salir con bien de aquella situación, su mejor aliado tenía que ser el caballo.

Con suavidad, apretó sus talones contra

los laterales de la cabalgadura y ésta, levantándose sobre las patas traseras, tomó impulso para lanzarse sobre las cabezas enturbantadas.

Jaima hizo restallar el látigo al tiempo que gritaba a los esclavos:

—¡Corred, sois libres, corred!

Mujeres y hombres comprendieron que aquélla era la única oportunidad que tenían y echaron a correr en todas las direcciones. El desorden fue total, y el desconcierto de los bandidos aún mayor.

Jaima se sentía segura sobre el caballo y galopó por las calles del pueblo, mientras su capa roja ondeaba al viento.

Pero las calles se terminaban, se terminaba el pueblo, la tierra incluso se terminaba. ¿Adónde iba a conducirla aquella huida?

11 *A caballo de la magia*

MIENTRAS cabalgaba, Jaima cerró por un momento los ojos. A veces era muy importante para ella ver el mundo con la mirada del corazón. Así era como había aparecido Plif-Plaf, y así era como su amigo estaba reproduciendo para ella los momentos más significativos del pasado de su historia. De la historia de su país, de la historia de todos los que lo habían habitado.

La aventura era excitante, no cabía duda, pero Jaima se dijo que también lo era sencillamente ir montada en aquel caballo, dejando que el aire acariciara su rostro. En realidad era como si estuviera soñando. Soñando despierta.

Escuchó un relincho y abrió los ojos.

Los cascos del caballo rozaron al pasar el borde de una piedra, sacando chispas.

Jaima soltó el látigo, a punto estuvo de caerse, y hubo de agarrarse con fuerza a las crines.

—¿Adónde vamos?, ¿hacia dónde?

No quería volver la cabeza porque sabía lo que venía detrás, escuchaba sus voces, su griterío. Pero delante..., frente a ellos aparecía un acantilado. El caballo no se detenía; al contrario, galopaba hacia él desesperadamente.

Detrás venían los corsarios enfurecidos. ¿Qué sucedería si la cogían? ¿Qué iba a pasar? Fuera lo que fuera, Jaima estaba completamente segura de una cosa: había que seguir hacia adelante.

—¿Qué va a pasar, abuelo?, ¿qué nos va a pasar?

En esos momentos a Jaima le hubiera gustado estar junto a su abuelo, abrazada a él. Pero recordó el itinerario que debía seguir: «De la isla a la ruina, de la ruina al oasis».

Sólo le quedaba un amigo en el mundo: el pingüino silencioso.

—¿Qué hacemos?

Plif-Plaf levantó las alas como queriendo indicar algo.

—¿Hay que volar? —preguntó la niña con sorpresa.

Pero la sorpresa se transformó en certeza cuando el caballo se lanzó al vacío.

Jaima estuvo a punto de cerrar los ojos de miedo, pero hizo exactamente lo contrario: los abrió todo lo que pudo para ver lo que se le avecinaba.

Cualquiera que la hubiera visto caer por el acantilado con su capa roja desplegada, pensaría que se trataba de una amapola en primavera dirigiéndose al mar azul de la isla de Djerba.

Pluffffff...

Se sumergió en sus aguas casi sin hacer ruido.

«Qué extraño», pensó. «¿Quién puede caer al agua sin hacer ruido?».

Pero, fuera como fuera, se había librado de los piratas, al tiempo que confiaba en que los esclavos hubieran podido huir y ser de nuevo libres.

Inmediatamente se sintió bien. La luz del sol se filtraba a través de las aguas y hacía que las plumas de su amigo parecieran de oro. Sin embargo, Plif-Plaf sabía que pronto, muy pronto iban a regresar a la realidad del presente, y que su plumaje volvería a ser blanco y negro, como el de sus hermanos del Polo.

De momento, les quedaba una última visión de aquel mundo mágico de las profundidades del océano. Estrellas de mar y claveles, palmeretas y helioporas azules. ¡Qué belleza! Sería maravilloso poderse quedar algún tiempo en aquel lugar, entre burbujas y pececillos de colores. Pero sin duda tendría que volver a salir a la superficie.

El caballo, ¿dónde estaba el caballo? Jaima nadó junto a su amigo Plif-Plaf buscando al caballo que le había conducido hasta allí.

—¡Eh, vuelve! —dijo la niña.

Pero el caballo había decidido que ya

no volvería junto a los seres humanos; sobre todo con aquellos malvados humanos que eran capaces de comerciar con otros seres humanos.

Y comenzó a disminuir de tamaño, más pequeño, cada vez más pequeño, hasta hacerse compañero de los hipocampos o caballitos de mar. Para ello tuvo que renunciar a sus patas traseras, que convirtió en cola, y a su color, para hacerse casi transparente. ¿Sería así, se preguntó Jaima, como habían nacido los caballitos de mar? ¿Serían caballos que habían renunciado a su vida en la tierra?

No le dio tiempo a seguir meditando sobre la naturaleza de los hipocampos, porque un barco que surcaba la superficie casi la golpea en la cabeza. Jaima pudo leer el nombre que llevaba el barco escrito en su costado: *Odisea,* y escuchó las palabras del pingüino, que, como estaba otra vez en el agua, podía volver a hablar:

—¿Sabes quién va en ese barco? Un señor llamado Ulises, el que está casado con Penélope, el que luchó contra el cíclope

Polifemo, el gigante de un solo ojo en la frente, el que... Pero me imagino que estarás deseando salir del agua, ¿verdad?

Jaima recordó que su abuelo alguna vez le había leído las fantásticas aventuras del marinero Ulises. Y se dijo que le hubiera gustado conocerle. Tal vez en otra ocasión. Ahora, efectivamente, tenía que salir de allí. Su camino había de continuar por tierra firme.

—Adiós, amigo caballo.

El hipocampo intentó relinchar, pero los hipocampos sólo son caballos de mar y no relinchan.

Al salir a la superficie, a Jaima le sorprendió ver que la isla de Djerba seguía allí, tal y como la había dejado antes de conocer a los pescadores de esponjas.

No se veía ni rastro de los piratas, ni de los esclavos. Sólo palmeras, cielo azul y paz. Pero ella estaba cansadísima.

Y además tenía hambre. Se le hizo la boca agua pensando en las *bricas* y los *tajines* que había preparado para su abuelo el día de su cumpleaños. Tenía que comer algo y descansar mucho.

Jaima buscó una sombra y cerró los ojos. La última imagen que vio fue la del pingüino chapoteando con el agua. Sus plumas volvían a ser blanquinegras. Tenía sueño, mucho sueño... ¡Qué lejos estaba de imaginar lo que se iba a encontrar cuando despertara de nuevo...!

12 *La moneda romana*

—¿ADÓNDE vamos ahora?

Hacía horas que caminaban. El pingüino llevaba buena marcha, como si tuviera que acudir a una cita con hora fijada. Jaima ya había descansado, pero tenía el estómago vacío. Al despertarse le había dicho a Plif-Plaf que necesitaba algo para comer, pero su amigo había comenzado a andar como si no la hubiera oído.

En realidad había un motivo para esta actitud. Mientras la niña dormía, el pingüino había estado con la mirada fija en el horizonte, en ese horizonte en el que se veía al misterioso nómada, jinete de un dromedario nómada también. Cuando el árabe echó a cabalgar, el pingüino despertó a la niña obligándola a seguirle.

Y así era como, andando andando, habían cruzado paisajes con palmeras y olivos para llegar hasta aquel lugar con piedras cargadas de historia. De historia romana, porque en Túnez hay muchas ciudades perfectamente conservadas de tiempos de los césares, circos, baños termales, templos, mercados, coliseos...

—Es precioso, ¿verdad, Plif-Plaf? Pero una cosa: ¿vamos bien por aquí?

Jaima contempló el *safsari* de seda donde estaba dibujado su mapa de la vida. Se sentó a la sombra de unas piedras, diciéndose que tal vez aquéllas eran las ruinas a las que se refirió el perfumista ciego.

Le agradaba el tacto de la seda.

—¿Sabes quién hace la seda? —le preguntó a su amigo.

Plif-Plaf llegó incluso a molestarse por aquella pregunta. Pero ¿cómo podía dudar de que conociera la respuesta? La seda la hacen los gusanos, los gusanos de seda comedores de moreras.

—Sí, sí, claro, los gusanos de seda. Fíjate qué suave y flexible es. Pero... también hay otros animales que hacen seda... —Jaima guiñó un ojo y se puso a recitar un acertijo de los que a veces hacía a su abuelo:

Hago telas transparentes
es mi forma de tejer,
mis hilos son invisibles
si tú no los saber ver.

La niña tenía los ojos fijos en un hilo de seda que iba de una a otra de las piedras de aquellas ruinas. El hilo parecía brillar con luz propia.

—Venga, venga, ¿conoces la respuesta? «Hago telas transparentes... Es mi forma de tejer... Mis hilos son invisibles...».

La araña, molesta sin duda con tanta palabrería, salió de su escondite para mirar si alguna presa caía en su tela primorosamente tejida. Al ver que en su trampa de seda no había más que motas de polvo, regresó a su escondite, como adormeciéndose.

El sol comenzó a declinar, inundando los cielos azules de unas tonalidades anaranjadas, que poco a poco se iban convirtiendo en rabiosamente escarlatas.

—¡Qué bonito es nuestro país!

Los rayos del atardecer acariciaban aquellos capiteles, entre los cuales habían paseado figuras tan significativas como Escipión el Africano, el que fuera vencedor del gran Aníbal, nada menos.

En ese momento escuchó un ruido a sus espaldas.

—Escucha...

Niña y pingüino agudizaron sus oídos, pero el ruido parecía haberse extinguido. No. Volvía a escucharse, muy quedamente, como los pasos sigilosos de alguien que sigue a alguien.

Comenzó a soplar una suave brisa.

—Vámonos de aquí.

De repente, Jaima había sentido que aquél no era el lugar adecuado para pasar la noche, no le apetecía lo más mínimo estar allí. Se levantó y comenzó a caminar. Pero su compañero de fatigas, en lugar de seguirla, se dirigió todo derechito hacia el lugar de donde había salido el sonido.

—¡No! Por ahí no... A lo peor es un fantasma. ¡Ten cuidado!

A Plif-Plaf lo que menos le importaba era la existencia de fantasmas, porque él, en realidad, era medio fantasma. ¿Cómo, si no, se podía explicar el que sólo algunas personas pudieran verlo? Pero él era un fantasma pacífico, no como los de las pesadillas, que suelen aparecer cuando menos se desean. Por tanto, prosiguió su bamboleante caminar, plif-plaf, plif-plaf...

Al doblar una esquina se detuvo. Frente a él estaba un chico sonriente.

—Hola.

El muchacho jugueteaba con algo que tenía en la mano.

—Hola —repitió, pero no obtuvo respuesta alguna del pingüino, que, sin embargo, no le quitaba ojo de encima.

Jaima, temerosa de que su amigo sufriera algún daño, apareció dispuesta a defenderle si venía al caso. Pero el muchacho parecía totalmente inofensivo, amable incluso.

—Hola —dijo por tercera vez, y esta vez sí que fue correspondido.

—Hola. ¿Qué quieres? ¿Por qué nos sigues?

El chico extendió su mano hacia ella y luego la abrió. La pieza redonda brillaba a la luz del atardecer.

—Toma. Es tan antigua como estas ruinas.

Jaima contempló la moneda romana, una moneda con dibujos y letras, pero no la tomó.

—Tengo hambre —dijo Jaima—, y las monedas no se comen.

—Dátiles. ¿Te gustan los dátiles? —el muchacho buscó en su zurrón y ofreció unos dátiles a la niña.

—Gracias —dijo Jaima comiendo con apetito—. Pero aún no me has dicho por qué me seguías.

—Vendo monedas antiguas; creí que te podían interesar.

—Yo no busco monedas, sino caminos.

—¿Qué camino? —quiso saber el muchacho.

—El camino del desierto —dijo Jaima con seguridad.

—Está un poco lejos de aquí.

—Ya lo sé, pero, según el mapa de la vida, tenía que pasar por unas ruinas...

—¿El mapa de la vida? —el muchacho caminaba como si no tocase el suelo, como flotando—. ¿Todavía conservas el *safsari* de seda, pequeña gacela blanca?

Jaima se estremeció al oír aquellas palabras. ¿Cómo era posible que aquel muchacho supiera lo de su *safsari*? ¿Y por qué había empleado las palabras «gacela blanca»?

La niña miró profundamente a los ojos del que le había ofrecido los dátiles.

—¿Cómo sabes lo que sabes?

—Estoy aquí para que no te equivoques. Te he estado esperando mucho tiempo.

—Pero ¿quién te ha dicho que yo iba a venir por aquí? —quiso saber Jaima.

—El ancla, la estrella fugaz... —el muchacho sonrió enigmáticamente al tiempo que le tendía una mano—. Toma, coge la moneda romana y lee lo que pone.

Eran unas palabras que invitaban a jugar:

En el circo me exhiben,
en la selva me persiguen.
Aunque no tengo corona,
soy rey, soy soberano,
tengo rubia y larga cola
y garras en lugar de manos.

Jaima, antes incluso de dar la vuelta a la moneda y ver el animal que en ella estaba representado, supo que se trataba del león.

—Es un león, ¿y qué?

El muchacho se dispuso a marcharse.

—Lo sabrás cuando lo veas.

—¿Y cuándo lo voy a ver?

—No lo sé.

—¿Y dónde lo voy a ver? —insistió Jaima.

—Eso sí lo sé. Es un león del desierto encerrado en un zoo ilógico. Cuando lo encuentres, seguramente él sabrá darte la solución a las demás preguntas.

El muchacho comenzaba a difuminarse con el atardecer.

—¡Oye, espera! ¡No te vayas! —Jaima cerró la mano, como queriendo que la moneda no escapara—. ¿Ahora qué tengo que hacer?

Como toda respuesta, el viento sopló entre las desiertas ruinas romanas de la ciudad de Dougga.

13 *Camino de un misterio*

JAIMA se sintió repentinamente sola. Nunca como en aquel momento había echado tanto de menos la presencia de su abuelo. En su interior notó una especie de desasosiego, ese desasosiego que se manifiesta en las personas sensibles cada vez que se acerca algún final. Y era evidente que el final estaba más y más próximo. Para ello había que seguir caminando, un camino por el misterio en busca de un misterio.

—¿Qué es eso de un zoo ilógico? —preguntó Jaima a su amigo emplumado, pero éste se encogió de hombros y echó una carrera entre las ruinas. Por unos instantes, Jaima pensó en los animales que había ido encontrando en su viaje: las serpientes y los escorpiones, sí, pero también la araña del hilo de seda y el caballo que se convirtió en hipocampo. Cerró el puño con fuerza y entonces recordó que el muchacho que acababa de desaparecer le había hecho un regalo: la moneda romana. Contempló con interés la efigie del león—. Tal vez tengamos que ir a donde haya un león. La verdad es que un zoológico sin león no sería un zoológico. ¿O tal vez porque pasan cosas que no pasan en ningún otro sitio se llama zoo ilógico? Dime, Plif-Plaf, ¿qué hacemos?

El pingüino miró al sol que se estaba poniendo. A pesar de que los rayos eran dorados, las plumas del ave seguían siendo blancas y negras. Precisamente el pingüino estaba agitando sus plumas, como sacudiéndolas para quitarse el polvo del camino. Levantó su ala izquierda y giró en esa dirección antes de comenzar a andar hacia el sur, sin siquiera esperar a Jaima. Pero como sus pasos eran cortos, pronto fue alcanzado por su amiga.

—Está bien. Hacia el sur, siempre hacia el sur, de acuerdo. Y hacia el sur está el desierto... —Jaima sintió un estremecimiento, porque sabía lo que esa palabra significaba para ella.

Así es como, sin dejar de caminar, pasaron por tierra de olivos.

Y por donde florecían los almendros.

Percibieron el aromático olor de los limoneros y cruzaron con cuidado las tierras plantadas de viñedos.

Al pasar por los pueblos, escuchaban ladridos de perros o música de laúd, violines y tambores.

Las estepas centrales de Túnez eran áridas en muchos lugares y sólo estaban moteadas por las sombras de las caravanas en el horizonte.

Pero aún faltaba el olor de los duraznos, de los albaricoques y de los dátiles. Eso significaría que ya estaban cerca de Nefta, cerca del oasis, cerca de...

—¿Nos queda mucho?

La pregunta podía haberla hecho cualquiera de los dos, y la respuesta podía haber sido de uno cualquiera de ellos:

—No lo sé. Sigamos. Cuando lleguemos, algo nos dirá que ya hemos llegado.

Jaima continuaba con su moneda romana en el puño. La capa roja se agitaba con el viento. Desde sus ojos negros y profundos, la niña iba atrapando el paisaje de su tierra, su paisaje.

Para entretenerse, mientras caminaban le planteó a Plif-Plaf un nuevo acertijo. Como la solución nada tenía que ver con los animales, tal vez no lo adivinara.

—Escucha:

No tiene alas, pero puede volar;
no tiene boca, pero puede hablar;
no tiene cuerpo, pero nos puede tocar.
De pequeño es agradable;
de mayor, insoportable.
¿Qué es?

Poco a poco, la naturaleza se iba despojando de la vegetación, volviéndose más árida. Sin embargo, también en aquella desnudez había belleza.

—Venga, dime: ¿qué es? ¿No lo sabes? —Jaima sopló a su amigo en la cara—. ¿No lo adivinas? —volvió a soplarle con mayor intensidad—. «No tiene alas, pero puede volar. No tiene boca, pero puede hablar. No tiene cuerpo, pero nos puede tocar...».

El pingüino se rascó la tripa con el pico.

—Es el viento.

En ese momento, como si Jaima lo hubiera llamado, el viento creció y creció, desencadenando una tormenta de arena. La niña se abrazó a su amigo.

—No te apartes de mí, cierra los ojos. Procura respirar poco, protégete metiendo la cabeza bajo el ala.

La niña, por su parte, se cubrió la cara con el *safsari* y aguardó.

Parecía como si el juego del acertijo se hubiera transformado en algo más serio, como si la naturaleza quisiera hacerle una demostración de todas sus posibilidades. El simún soplaba cada vez más fuerte, amenazando incluso con arrastrarlos hacia cualquier lugar. Pero la moneda que Jaima llevaba en la mano cerrada parecía haberse vuelto enormemente pesada, como el lastre de un globo, como el ancla de un barco.

Con el vendaval, la capa roja se arremolinaba como los pétalos de una amapola en un trigal. Y fue precisamente la capa la que los envolvió, acogiéndolos en la oscuridad de su interior.

—No te apartes de mí.

Jaima estrechó contra sí a su amigo y escuchó, bajo la tela de la tienda improvisada, cómo el viento soplaba fuera. Allí dentro se estaba bien, la arena no dañaba los ojos, se podía respirar sin temor y así aguardar al fin de la tormenta.

Por unos momentos aparecieron ante su memoria la casa de Sidi Bou Saïd, la tienda del abuelo, el faro y el mar. Y sonrió al pensar lo diferentes que eran esa niña un poco solitaria del pueblo costero y esta otra, capaz de enfrentarse a piratas vendedores de esclavos. Cuántas aventuras en tan poco tiempo, y todo siguiendo el sendero indicado en un mapa de la vida que, a ciencia cierta, aún no sabía adónde la iba a llevar realmente.

Con estos pensamientos comenzó a adormecerse. En realidad llevaba mucho tiempo caminando, y todo lo que había comido eran los dátiles que le había entregado el misterioso muchacho de las ruinas.

Dio una cabezada y se sobresaltó, porque creyó haber escuchado un sonido muy concreto.

—¿Has oído?

El viento, como un niño mal educado, de igual forma que había irrumpido sin avisar, se había marchado sin despedirse. La tormenta había cesado. Pero aquel sonido, el del soplido que cesa, no era lo que había preocupado a Jaima.

Lentamente, con precaución, asomó la cabeza fuera de la capa. Ya era de noche. Una noche estrellada, pero sin luna, por lo que no podía verse más allá de las narices.

Sin embargo, acentuado por el silencio de la estepa, el sonido se escuchó de nuevo, con total claridad. Al pingüino se le pusieron las plumas de punta. Jaima sintió un estremecimiento. Lo que acababan de oír era, nada más y nada menos, el rugido de un león.

14 *El zoo ilógico*

¿QUÉ hacer? La capa color amapola era un débil refugio para Jaima y su amigo. Tal vez había que salir, intentar ver por dónde se acercaba el peligro y ponerle algún remedio, si es que era posible.

—Vamos, no hagas ruido; iremos en esa dirección...

Jaima se arrastró sigilosamente hacia un lugar impreciso de la oscuridad. Plif-Plaf la siguió tiritando de miedo. Afortunadamente, en el suelo no había hojarascas que crujieran bajo sus pies. Pero aun así había que andarse con sumo cuidado, no fueran a llamar la atención del gran felino.

Jaima avanzaba con la mano derecha

extendida, tal y como lo haría un insecto con sus antenas, para detectar cualquier objeto próximo y no tropezar con él. El pingüino la seguía muy pegadito a su espalda.

Cuando sus dedos rozaron una superficie metálica y alargada, se detuvieron. ¿Qué era aquello? Aguardó unos instantes, para concentrarse en lo que estaba tocando. Parecían unos barrotes de hierro, seguramente los barrotes de una jaula.

Sin proponérselo, dio un respingo hacia atrás, con lo que el pingüino rodó por el suelo. Intentó ayudarlo a levantarse, pero no le dio tiempo. Algo cayó sobre ellos. Una red.

—¡Fantástico, fenomenal! Nada menos que una niña, ¡jo, jo, jo!

Jaima, debatiéndose contra la cuerda que componía el entramado, no pudo distinguir, en un primer momento, de quién era la voz que hablaba y reía. Pero el personaje no tardó en acercarse a su presa.

Era un beréber desdentado, humildemente vestido y no muy aseado. Intentó tocarla y Jaima se revolvió, pero la red era fuerte. Entonces escuchó algo parecido al rebuzno de un burro, a la risa de una hiena, al ladrido de un chacal, a la regurgitación de un dromedario... y al rugido de un león. Todo junto.

Jaima echó una rápida mirada a Plif-Plaf para saber en qué momento de su aventura se encontraban. Si las plumas de su amigo, a pesar de la ausencia de luna, brillaban porque se habían vuelto doradas, entonces aquellas sensaciones pertenecían al pasado. Pero el pingüino, el amedrentado pingüino, temblequeaba bajo un plumaje blanco y negro. Es decir, que aquel lugar no se encontraba en el pasado, ni en la fantasía. El hombre desdentado era completamente real, como reales debían de ser los animales cuyos sonidos escuchaban.

—Es curioso, ¿verdad? —el beréber hizo fuego, con el que alumbró una pequeña hoguera. Bajo las llamas, Jaima y Plif-Plaf pudieron ver el lugar en el que estaban.

Por todas partes había jaulas, unas vacías y otras llenas. Parecía un zoológico, un extraño zoológico. El personaje siguió su charla—: Míralo bien, que no hay otro en el mundo tan original. Los pobres tenemos que hacer estas cosas si queremos vivir: coger de aquí y de allá, reunir y ¡hale hop!

Hizo chasquear una ramita flexible que llevaba en la mano y entonces se produjo lo insólito. El burro, animal de carga donde los haya, hizo una mueca parecida a una sonrisa y se puso a dos patas, mientras la hiena daba volteretas sin soltarse de su cadena de hierro; el chacal, por su parte, se puso a pintar, para lo que previamente metía sus patas en un bote de alquitrán. El despeluchado dromedario de mirada perdida bebía cerveza directamente de una botella, cogiéndola por el extremo y levantando el cuello.

Pero faltaba el león. ¿Dónde estaba el temible león?

—Fíjate en mi rey —le dijo el beréber como si hubiera leído en su pensamiento.

Le abrió la boca desdentada, le puso una dentadura postiza y, para que rugiera, le aplicó un zurriagazo en salva sea la parte.

Jaima sintió compasión por aquellos pobres animales que estaban en un zoo que parecía un circo, un circo que semejaba una cárcel.

—¡Adentro!

Jaima se sintió empujada sin miramientos al interior de una jaula vacía, bajo un árbol con halcones que cubrían sus cabezas con unos ridículos sombreros y un buitre de cuello rosado al que le habían aplicado una corbata.

—¡Y esto no es todo! También tengo arañas peludas sin pelo y escorpiones que silban música folclórica. Pero lo mejor de todo es que desde hoy te tengo a ti, una pequeña niña, frágil y desvalida, que pasará el platillo para recoger el dinero de los visitantes de mi zoo. En realidad hace mucho tiempo que estaba buscando una persona como tú, que coma poco y trabaje mucho. ¡Jo, jo, jo...!

Jaima se limpió el polvo de la tormenta

y clavó los ojos en su compañero, cuya mirada había pasado del temor a la indignación. Nunca, hasta ese momento, se había visto encerrado, y la verdad es que no le hacía la menor gracia.

—Y ahora —dijo el desdentado propietario de aquella fauna—, ahora me voy a preparar un cuscús de chuparse los dedos.

A la niña se le hizo la boca agua, pero en seguida comprendió que aquel cuscús no era para ella. Por tanto, debía concentrar sus fuerzas y su imaginación en pensar cómo escapar de allí, ¡y lo antes posible! Era un poco difícil salir de la jaula de un zoo dirigido por un loco.

¿En qué otro momento de su viaje se había visto rodeada de animales? Sí, lo recordaba: había sido en el pozo de Kairouan, donde las palabras mágicas habían hecho que serpientes y escorpiones se retiraran.

—Escucha, Plif-Plaf —dijo Jaima en voz muy baja mientras el beréber hervía la sémola y preparaba la carne de cordero del cuscús—. Escucha atentamente: las pala-

bras mágicas del señor de Kairouan servían para alejar a los animales que no quisieran estar con el hombre. Pues bien, yo creo que estos animales no desean estar con este hombre, ¿no te parece?

Como respuesta, se escuchó la risa lastimera de la hiena y el penoso rugido del león, al que se le acababa de caer la dentadura postiza.

—Y si decimos esas palabras mágicas, puede que suceda algo y los animales escapen de aquí. Sí, sí, ya sé lo que me vas a decir: yo no soy un animal, pero tú sí, y si puedes escapar de esta jaula, también podré escapar yo. Aunque aún no sé cómo... —hubo de confesar.

En ese momento, el beréber pegó un salto y comenzó a hablar solo, a la vez que se reía como un poseso:

—¡Jo, jo...! He tenido una idea luminosa. Pensando, pensando, he llegado a la conclusión de que me falta un animal insólito. Un animal que nada tenga que ver con el desierto, ¡algo profundamente original...! Por ejemplo, un pingüino.

Ahora el bote lo pegó Plif-Plaf. ¿Acaso lo había visto? No, no era posible. Pero, entonces, ¿cómo es que tenía ideas tan peregrinas? El otro continuó degustando su pensamiento:

—Un pingüino, sí; sería fabuloso tener un pingüino. ¡Pasen y vean, damas y caballeros! La sorpresa más grande del desierto, lo que nunca esperaron ver en un lugar como éste. Nada más y nada menos que ¡un pingüino!

Luego se quedó repentinamente callado. ¿Qué estaba diciendo? En realidad, ¿cómo iba a llevar un pingüino polar desde los hielos hasta allí? ¿Acaso sería una locura momentánea que le enviaba Alá, un castigo por comer cuscús en pleno Ramadán? Porque en el Ramadán, época de ayuno para los mahometanos, sólo se puede comer muy ligeramente y en horas muy concretas, pero, desde luego, nada de cuscús con sémola y cordero.

El hombre se rascó el turbante sin comprender muy bien de dónde le había venido esa idea, mirando a todas partes como para encontrar una explicación. Se olvidó del tema del pingüino para dedicarse con más afán a la preparación del cuscús.

—Tenemos que escapar cuanto antes —susurró Jaima—. Este hombre está majareta, y los majaretas a veces ven cosas que no ven los demás. Y si te descubre... De momento hemos de alejarle de aquí.

Jaima arrojó la moneda lo más lejos posible. El hombre escuchó su tintineo.

—¿Qué es eso? Parece el sonido de una moneda. ¡Qué extraño! Iré a ver...

Se alejó en busca del origen del sonido.

—Ahora es el momento, amigo. ¿Cuáles son las palabras mágicas?

El pingüino permaneció impasible, como si aquello no fuera con él. La niña le apremió:

—Hay que darse prisa, antes de que vuelva. ¡Deprisa, por favor...!

En la oscuridad se escuchó la exclamación de júbilo del beréber:

—¡Por Alá, una moneda! ¿Habrá caído

del cielo? Voy a seguir buscando por si hubiera alguna más...

Eso le entretendría algunos minutos más.

—¡Venga, venga, las palabras mágicas! ¡Ayúdanos!

El pingüino cerró los ojos, concentrándose. Y en la noche sin luna se escucharon las palabras mágicas:

SOATRAPA
SONDAJED
DI
DAHCRAM SOJEL

Empezaron a suceder cosas.

La hiena dio una voltereta con tal fuerza, que rompió la cadena que la sujetaba.

El chacal volcó el bote de alquitrán y ayudó al león a liberarse de sus ataduras.

El dromedario le hizo una pedorreta a la última botella de cerveza, al tiempo que la mandaba a hacerse pedazos contra una roca próxima.

El barullo era tan grande, que el desdentado regresó corriendo con un palo en la mano.

—Pero, en nombre de Alá, ¿qué está pasando? ¿Quién os ha dado permiso para...?

No pudo acabar la frase, porque el burro le soltó un par de coces en las posaderas y le hizo rodar por el suelo. Rodó y volvió a rodar, hasta caer justamente sobre la mancha de alquitrán, de la que resultaba muy difícil despegarse.

—Ya veréis cuando os coja, malditos bichos del desierto. Os voy a deslomar, os voy a...

Se incorporó con dificultad, para resbalar y volver a caer sobre la mancha pegajosa.

—¡Huid, huid! —gritó la niña a los animales—. Escapad lejos de aquí.

Los halcones y el buitre levantaron el vuelo.

—Pero ¿qué haces, niña zarrapastrosa? Ellos van a escapar, pero tú vas a pagar por todos.

El desdentado luchaba por despegarse, mientras Jaima forcejeaba con los barrotes de la jaula.

—¡Haz algo! —le dijo a su amigo Plif-Plaf—. Pero ¡hazlo deprisa!

Una araña, quizá la misma que viera entre las ruinas romanas, comenzó a fabricar su hilo de seda. Este hilo de seda, que en la noche brillaba como si fuera de plata, se introdujo en la cerradura de la jaula y todos pudieron escuchar un chasquido. La puerta se abrió.

Seguidamente, la seda del tejido de la araña se convirtió en una especie de nudo corredizo que envolvió una de las muñecas de Jaima.

—Agárrate, amigo —le dijo la niña a Plif-Plaf—. Yo te sacaré de aquí.

El pingüino sonrió mientras hacía lo que pedían. Y sonrió porque si no hubiera sido por él... Mientras tanto, el beréber se había quedado con la boca abierta. ¿Qué estaba pasando ante sus ojos? Sí, ahora estaba seguro de que era un castigo de Alá por haber violado el Ramadán. Lo que estaba viendo sólo podía ser fruto de un sueño.

El hilo de seda plateada envolvió a la niña y a su amigo como si fueran un ovillo. Luego, el ovillo comenzó a girar y a girar como un torbellino. El torbellino se lanzó al espacio.

El beréber desdentado, jurando íntimamente que no volvería a pecar, cerró por unos momentos los ojos. Y cuando los abrió de nuevo, sólo pudo distinguir en la oscuridad de la noche el destello de una estrella fugaz que cruzaba el firmamento.

15 *El nómada que nunca existió*

SUAVEMENTE, meciéndose con la brisa de la mañana, Jaima descendió como si lo hiciera en un paracaídas. Al tocar sus pies desnudos el suelo, notó el calor de la arena.

Contempló el paisaje preguntándose: «¿Ya ha pasado la noche?, ¿ya es otro día?». Hacía un poco de fresco y la capa la protegía del relente del amanecer.

Se arrodilló para sentir el tacto suave y monocorde de aquel suelo; cogió un puñado de arena fina para, en seguida, dejarla caer de nuevo sobre el desierto.

Luego, sus ojos negros y asombrados se

fijaron en un lugar maravilloso, un oasis con miles de palmeras entre las que circulaban pequeños ríos de agua limpia. Ése era uno de los grandes milagros del desierto: los oasis.

En lo alto de las ramas de las palmeras se veían unos racimos anaranjados que sólo podían ser una cosa: pulpa y azúcar, los dátiles *deglet*, los más sabrosos de toda África.

Con decisión y habilidad, Jaima subió por uno de los troncos y, una vez en la cima, arrancó un buen puñado. Ni siquiera esperó a bajar, pues allí mismo comió directamente los frutos del árbol. Hasta entonces, desde que abandonara el zoo ilógico, no se había percatado del hambre atrasada que tenía.

—Exquisitos, exquisitos... Come tú también. Aunque sé que prefieres el pescado, pero seguro que te gustarán... Hum...

Pero el pingüino no miraba el oasis, ni las palmeras, ni los ríos, ni siquiera los dátiles. Sus pequeños ojos estaban fijos en una figura ya habitual para él: la de un hombre con el rostro cubierto, montado en un dromedario. Iluminado por la luz del amanecer, parecía aún más misterioso.

—¿Qué haces?, ¿qué miras? —le preguntó Jaima nada más bajar del árbol.

Plif-Plaf continuaba con la mirada fija en un punto concreto, como hechizado.

Jaima experimentaba una extraña sensación de desasosiego. Por un lado estaba satisfecha de haber llegado hasta allí, pero por otro imaginaba que la aventura, su aventura personal, estaba a punto de terminar.

—Éste es el oasis del mapa de la vida, ¿verdad? —desplegó su *safsari* para ver algo que ya sabía—. ¿Y ahora qué?

Salió de la sombra de las palmeras, dejando que el sol acariciara su rostro y su cuerpo moreno. Luego, conforme crecía rápidamente la luz de la mañana, la niña vio algo que la dejó con la boca abierta.

Allí, frente a ella, estaba el mar de arena, perdiéndose en el horizonte. Pero en medio de ese mar de arena del desierto había otro mar, hermosísimo, lleno de agua.

—Mira, amigo, mira: el mar, tu mar...

Nada más decirlo, Jaima notó que algo acababa de desgarrarse en su corazón. Tal vez porque supo que aquél era el lugar donde había nacido, donde había sido recogida; y eso a pesar de que no recordaba nada. Pero no era posible. Jamás ha habido un océano en medio de un desierto. ¿Entonces...?

El nómada montado en el dromedario echó a caminar hacia el espejismo.

—En los desiertos no hay mares —se decía Jaima—. Yo he nacido aquí y sé que no hay mar. Pero estoy viendo agua, mucha, muchísima agua...

A Plif-Plaf le hubiera gustado decir con palabras humanas que, efectivamente, como había asegurado la niña, aquél era «su mar». ¿A qué otro mar puede dirigirse un sueño sino al mar del espejismo?

El pingüino comenzó a moverse siguiendo las huellas del nómada que nunca existió.

—¿Adónde vas? Vuelve, por favor...

Los ojos de Jaima comenzaron a llenarse de lágrimas. Realmente, ¿había hecho tan largo viaje para acabar perdiendo a su amigo? O, tal vez, ¿tendría que seguirlo hasta el más allá de la imaginación? Y si ella se marchaba para siempre, ¿qué iba a suceder con su anciano abuelo Habib?

Jaima volvió a mirar el *safsari* para contemplar los dibujos. Allí estaba la pequeña casa con la puerta pintada de verde. Y el zoco, y el pozo del que sólo se podía salir montado en un ancla que resultaba ser una estrella fugaz. También aparecían la ciudad santa edificada sobre la estepa y la isla donde había jóvenes pescadores de esponjas. Y las ruinas de las ciudades romanas. Y al final, el desierto.

Era como si el *safsari* fuera un álbum de cromos donde estaban los momentos más emocionantes de la aventura personal de Jaima.

Hasta allí había conseguido llegar, sí, pero ¿ahora qué?

Poco a poco, sin prisas, el nómada sobre su dromedario y el pingüino se alejaban hacia el mar imaginario.

—¡No te vayas! ¡Vuelve!

Jaima lloraba silenciosamente, como lloran las personas mayores cuando tienen pena y no les da vergüenza que alguien las vea.

—¡Vuelve, amigo! ¡No te vayas!

Nadie respondió en el desierto. Nadie respondió en el espejismo. Nadie.

A lo lejos creyó oír un rebuzno, un ladrido, silbidos, aleteos, una risa amarga, un rugido. Era como si los animales del desierto, ahora liberados, buscaran su propio hogar. También a ella le había llegado el momento, y no era un momento para dudas.

Entre las lágrimas que empañaban sus ojos, Jaima se dijo que su amigo no iba solo y su corazón comenzó a latir con mayor intensidad.

No, Plif-Plaf no iba solo. Hombre, dro-

medario y pingüino comenzaron a meterse en el agua del espejismo.

—Os quiero —dijo a las criaturas que se difuminaban—. Os quiero muchísimo.

Supo que su amigo el pingüino siempre estaría acompañado y hasta ella llegó un intenso aroma a perfume de rosas. Y sintió el agradable calor del sol y el tacto de la arena. En el fondo había algo que la estremecía y la hacía un poco feliz: conocía las palabras mágicas y ya nunca las olvidaría. Pero en el fondo, en el fondo, ¿acaso no le hubiera gustado entrar en las aguas imaginarias y perderse para siempre en el mundo del espejismo?

Sin embargo, había alguien que la estaba esperando.

Jaima se arrodilló junto al oasis y bebió en el lugar donde se reflejaban las palmeras datileras. «La gacela blanca aplacará su sed en el oasis...». La niña sintió un soplo en su nuca y levantó los ojos hacia el cielo justo a tiempo para ver en él la más maravillosa de las maravillas: en pleno día, una estrella fugaz cruzaba el firmamento.

¿Sería el ancla o el hilo de seda? De cualquier forma, lo importante era formular un deseo. Pero no, ni siquiera eso era necesario, porque el deseo era ella misma. Al beber del agua y contemplar la estrella del desierto, Jaima acababa de comprender el significado secreto del mapa de su vida.

Alguien la estaba esperando, alguien tan real que hasta era capaz de romperse una pierna.

—Adiós, amigo... —dijo por última vez agitando la mano en dirección al espejismo—. Nunca te olvidaré.

Nadie se volvió para responder a su despedida. ¡Qué importaba! Allí estaba el desierto de Nefta, su desierto y su oasis; también su espejismo, que allí continuaría por los siglos de los siglos.

La gacela blanca miró hacia el sol para descubrir el nuevo rumbo que había de seguir. Aunque, en realidad, todo era tan sencillo como darse la vuelta, girar por completo y caminar hacia el norte, hacia el mar, siempre hacia el norte.

Jaima, con su capa color amapola, inició en ese mismo instante su largo y apasionante regreso. Pero ésa ya es otra historia.

Índice

EL BARCO DE VAPOR

SERIE NARANJA (a partir de 9 años)

1 / *Otfried Preussler,* Las aventuras de Vania el forzudo
2 / *Hilary Ruben,* Nube de noviembre
3 / *Juan Muñoz Martín,* Fray Perico y su borrico
4 / *María Gripe,* Los hijos del vidriero
5 / *A. Dias de Moraes,* Tonico y el secreto de estado
6 / *François Sautereau,* Un agujero en la alambrada
7 / *Pilar Molina Llorente,* El mensaje de maese Zamaor
8 / *Marcelle Lerme-Walter,* Los alegres viajeros
9 / *Djibi Thiam,* Mi hermana la pantera
10 / *Hubert Monteilhet,* De profesión, fantasma
11 / *Hilary Ruben,* Kimazi y la montaña
12 / *Jan Terlouw,* El tío Willibrord
13 / *Juan Muñoz Martín,* El pirata Garrapata
14 / *Ruskin Bond,* El camino del bazar
15 / *Eric Wilson,* Asesinato en el «Canadian Express»
16 / *Eric Wilson,* Terror en Winnipeg
17 / *Eric Wilson,* Pesadilla en Vancúver
18 / *Pilar Mateos,* Capitanes de plástico
19 / *José Luis Olaizola,* Cucho
20 / *Alfredo Gómez Cerdá,* Las palabras mágicas
21 / *Pilar Mateos,* Lucas y Lucas
22 / *Willi Fährmann,* El velero rojo
23 / *Val Biro,* El diablo capataz
24 / *Miklós Rónaszegi,* Hári János
25 / *Hilda Perera,* Kike
26 / *Rocío de Terán,* Los mifenses
27 / *Fernando Almena,* Un solo de clarinete
28 / *Mira Lobe,* La nariz de Moritz
29 / *Willi Fährmann,* Un lugar para Katrin
30 / *Carlo Collodi,* Pipeto, el monito rosado
31 / *Ken Whitmore,* ¡Saltad todos!
32 / *Joan Aiken,* Mendelson y las ratas
33 / *Randolph Stow,* Medinoche
34 / *Robert C. O'Brien,* La señora Frisby y las ratas de Nimh
35 / *Jean van Leeuwen,* Operación rescate
36 / *Eleanor Farjeon,* El zarapito plateado
37 / *María Gripe,* Josefina
38 / *María Gripe,* Hugo
39 / *Cristina Alemparte,* Lumbánico, el planeta cúbico
40 / *Ludwik Jerzy Kern,* Fernando el Magnífico
41 / *Sally Scott,* La princesa de los elfos
42 / *Núria Albó,* Tanit
43 / *Pilar Mateos,* La isla menguante
44 / *Lucía Baquedano,* Fantasmas de día
45 / *Paloma Bordons,* Chis y Garabís
46 / *Alfredo Gómez Cerdá,* Nano y Esmeralda
47 / *Eveline Hasler,* Un montón de nadas
48 / *Mollie Hunter,* El verano de la sirena
49 / *José A. del Cañizo,* Con la cabeza a pájaros
50 / *Christine Nöstlinger,* Diario secreto de Susi. Diario secreto de Paul
51 / *Carola Sixt,* El rey pequeño y gordito
52 / *José Antonio Panero,* Danko, el caballo que conocía las estrellas

53 / *Otfried Preussler,* **Los locos de Villasimplona**

54 / *Terry Wardle,* **La suma más difícil del mundo**

55 / *Rocío de Terán,* **Nuevas aventuras de un mifense**

56 / *Andrés García Vilariño,* **Miro**

57 / *Alberto Avendaño,* **Aventuras de Sol**

58 / *Emili Teixidor,* **Cada tigre en su jungla**

59 / *Ursula Moray Williams,* **Ari**

60 / *Otfried Preussler,* **El señor Klingsor**

61 / *Juan Muñoz Martín,* **Fray Perico en la guerra**

62 / *Thérèsa de Chérisey,* **El profesor Poopsnagle**

63 / *Enric Larreula,* **Brillante**

64 / *Elena O'Callaghan i Duch,* **Pequeño Roble**

65 / *Christine Nöstlinger,* **La auténtica Susi**

66 / *Carlos Puerto,* **Sombrerete y Fosfatina**

67 / *Alfredo Gómez Cerdá,* **Apareció en mi ventana**

68 / *Carmen Vázquez-Vigo,* **Un monstruo en el armario**

69 / *Joan Armengué,* **El agujero de las cosas perdidas**

70 / *Jo Pestum,* **El pirata en el tejado**

71 / *Carlos Villanes Cairo,* **Las ballenas cautivas**

72 / *Carlos Puerto,* **Un pingüino en el desierto**

73 / *Jerome Fletcher,* **La voz perdida de Alfreda**

74 / *Edith Schreiber-Wicke,* **¡Qué cosas!**

75 / *Irmelin Sandman Lilius,* **El unicornio**

76 / *Paloma Bordons,* **Érame una vez**

77 / *Llorenç Puig,* **El moscardón inglés**

78 / *James Krüss,* **El papagayo parlanchín**

79 / *Carlos Puerto,* **El amigo invisible**

80 / *Antoni Dalmases,* **El vizconde menguante**

EL BARCO DE VAPOR

SERIE ROJA (a partir de 12 años)

1 / *Alan Parker,* Charcos en el camino
2 / *María Gripe,* La hija del espantapájaros
3 / *Huguette Perol,* La jungla del oro maldito
4 / *Ivan Southall,* ¡Suelta el globo!
5 / *José Luis Castillo-Puche,* El perro loco
6 / *Jan Terlouw,* Piotr
7 / *Hester Burton,* Cinco días de agosto
8 / *Hannelore Valencak,* El tesoro del molino viejo
9 / *Hilda Perera,* Mai
10 / *Fay Sampson,* Alarma en Patterick Fell
11 / *José A. del Cañizo,* El maestro y el robot
12 / *Jan Terlouw,* El rey de Katoren
13 / *Ivan Southall,* Dirección oeste
14 / *William Camus,* El fabricante de lluvia
15 / *Maria Halasi,* A la izquierda de la escalera
16 / *Ivan Southall,* Filón del Chino
17 / *William Camus,* Uti-Tanka, pequeño bisonte
18 / *William Camus,* Azules contra grises
19 / *Karl Friedrich Kenz,* Cuando viene el lobo
20 / *Mollie Hunter,* Ha llegado un extraño
21 / *William Camus,* Aquel formidable Far West
22 / *José Luis Olaizola,* Bibiana
23 / *Jack Bennett,* El viaje del «Lucky Dragon»
24 / *William Camus,* El oro de los locos
25 / *Geoffrey Kilner,* La vocación de Joe Burkinshaw
26 / *Víctor Carvajal,* Cuentatrapos
27 / *Bo Carpelan,* Viento salvaje de verano
28 / *Margaret J. Anderson,* El viaje de los hijos de la sombra
29 / *Irmelin Sandman-Lilius,* Bonadea
30 / *Bárbara Corcoran,* La hija de la mañana
31 / *Gloria Cecilia Díaz,* El valle de los cocuyos
32 / *Sandra Gordon Langford,* Pájaro rojo de Irlanda
33 / *Margaret J. Anderson,* En el círculo del tiempo
34 / *Bo Carpelan,* Julius Blom
35 / *Annelies Schwarz,* Volveremos a encontrarnos
36 / *Jan Terlouw,* El precipicio
37 / *Emili Teixidor,* Renco y el tesoro
38 / *Ethel Turner,* Siete chicos australianos

39 / *Paco Martín,* Cosas de Ramón Lamote
40 / *Jesús Ballaz,* El collar del lobo
41 / *Albert Lijánov,* Eclipse de sol
42 / *Edith Nesbit,* Los buscadores de tesoros
43 / *Monica Dickens,* La casa del fin del mundo
44 / *Alice Vieira,* Rosa, mi hermana Rosa
45 / *Walt Morey,* Kavik, el perro lobo
46 / *María Victoria Moreno,* Leonardo y los fontaneros
47 / *Marc Talbert,* Canción de pájaros muertos
48 / *Ángela C. Ionescu,* La otra ventana
49 / *Carmen Vázquez-Vigo,* Caja de secretos
50 / *Carol Drinkwater,* La escuela encantada
51 / *Carlos-Guillermo Domínguez,* El hombre de otra galaxia
52 / *Emili Teixidor,* Renco y sus amigos
53 / *Asun Balzola,* La cazadora de Indiana Jones
54 / *Jesús M.ª Merino Agudo,* El «Celeste»
55 / *Paco Martín,* Memoria nueva de antiguos oficios
56 / *Alice Vieira,* A vueltas con mi nombre
57 / *Miguel Ángel Mendo,* Por un maldito anuncio
58 / *Peter Dickinson,* El gigante de hielo
59 / *Rodrigo Rubio,* Los sueños de Bruno
60 / *Jan Terlouw,* La carta en clave
61 / *Mira Lobe,* La novia del bandolero
62 / *Tormod Haugen,* Hasta el verano que viene
63 / *Jocelyn Moorhouse,* Los Barton
64 / *Emili Teixidor,* Un aire que mata
65 / *Lucía Baquedano,* Los bonsáis gigantes
66 / *José L. Olaizola,* El hijo del quincallero
67 / *Carlos Puerto,* El rugido de la leona
68 / *Lars Saabye Christensen,* Herman
69 / *Miguel Ángel Mendo,* Un museo siniestro
70 / *Gloria Cecilia Díaz,* El sol de los venados
71 / *Miguel Ángel Mendo,* Shh... esos muertos que se callen
72 / *Janice Marriott,* Cartas a Lesley
73 / *Alice Vieira,* Los ojos de Ana María